なめらかな人

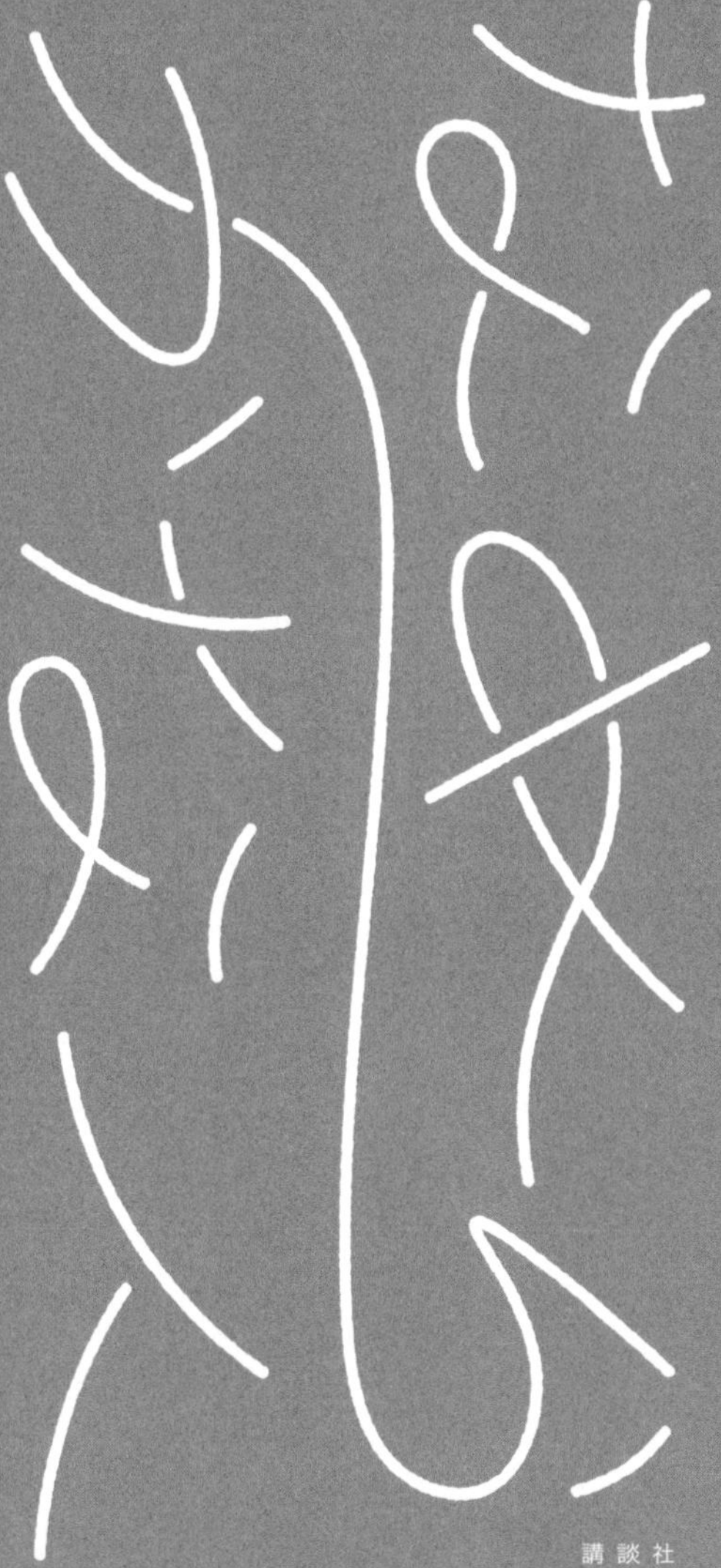

百瀬 文

講談社

なめらかな人

もくじ

なめらかな人

ある日、ふと思い立って陰毛のある裸をやめてみることにした。最初は確か普通によくある安いT字カミソリで剃ったのだと思う。整えるというのではなく、全部の毛を剃り落とすというのは自分にとって初めての経験だった。カミソリの刃を粘膜の近くまで持ってくるのが怖くて、それはなかなかうまくいかなかった。次に買ったのはパナソニックのフェリエという陰部専用のシェーバーだった。こういう商品をネットで調べると、ほとんどが淡いピンク色のものばかりだったので、ただシンプルに白いというだけで何だか好感が持てたのだった。それはまるでアップル製品の試作品にありそうな見た目をしていた。

そのシェーバーは剃る部分の専用刃が付け替えられるようになっており、まず長く太い毛をトリマー刃と呼ばれるもので大まかにカットすることが推奨されていた。そこからネット刃と呼ばれる網状の専用刃に付け替え、より細かい毛の先端をカットできるようになっている。このネット刃は、よく見る男性の髭剃り用のシェーバーと同じ構造をしていた。男性の髭と自分の陰毛が、単純な物質としてみれば交換可能なものなのかもしれないと思うと妙な気持ちになった。

デリケートゾーン用の石鹸を泡立て、自分のへその下に少しずつシェーバーを滑らせていくと、確かに安いカミソリとは違い、刃先がしっかりと毛の根元に当たる手応えを感じる。わたしは稲刈りをしたことはないが、昔から農家のドキュメンタリーなどで稲刈りのシーンを見るのが好きだった。ぶつりぶつりと稲が地面から切り離されていくときの、少し痛みを伴う触覚的な快楽をなぜか今でも画面越しに感じてしまう。ネット刃に付け替えてさらにシェーバーを動かしていくと、泡の上からでも、自分の大陰唇が今まで触ったことのないような質感になっていくのがわかる。それは予想していたよりも弾力がなく、まるで医療用のシリコンのようにふにゃふにゃとしていた。わたしは戸惑った。どこか他人のようなよそよそしさがそこにはあった。わたしの身体のふりをしたものが、わたしの股の間にゆっくりと領土を広げていく。

無心で泡にまみれたシェーバーを上下に往復させながら、不意に美大時代に授業で受けたFRP実習のことを思い出した。石膏の型から取り出したばかりの粉っぽいプラスチックを、水に濡らした紙ヤスリで磨くのだ。当時のわたしは、特に何のキャラクターというわけでもないフィギュアの髪の毛っぽいオブジェを、両手で持てるくらいの大きさで作った。紙ヤスリの番手を目の細かいものに替えていくと、だんだんと濡れた表面に光沢があらわれてくる。自分の無骨な指のあとが消えて、白く光る蛍光灯がプラスチックの表面に姿を現したときの感動は、今でも覚えている。

熱いシャワーで股の間を洗い流すと、かすかにヒリヒリとして痛い。濡れた体をバスタオルで拭き、洗面台の鏡の前に立つ。陰毛の生えていない女の裸がそこにある。股のあいだに控えめに入った一本の割れ目は、普段わたしが銭湯にいる幼女の裸に対して見慣れたそれである。輪郭のところどころがたるんだ三十代の女の上半身に、幼女の股間がくっついている。そうか、これが見たかったんだと鏡の前でわたしはようやく気づく。成熟を拒むものとしての、ぬるっとしたキメラのような自分の身体は、どこか滑稽で格好良かった。

「おまんこが出家することになりました」と言うと毎回不謹慎な笑いが取れるので、しばらく周りにはそう言っていた。ＶＩＯ脱毛を始めましたという意味だ。毛がなくなるという実際に起こる現象と、いったん始めてしまったらもう後戻りはできないという覚悟を同時に表現したかったのだと思うが、「俗世を捨てた」というふうには理解されづらいだろうなという気がした。

フェミニストを自任する人で、永久脱毛に対して批判的な人は多い。わたしも電車の中で、強迫的に目に飛び込んでくる広告にはうんざりするし、自分の脚や腕の毛が常に世間のジャッジに晒されるような状況はやめてほしいと思う。だけど、自分の陰毛を永久脱毛したいという欲望は、どちらかと言うと他者に向けられたものというより、単純に自分がそのような身体になってみたいという素朴な好奇心からだった。以前シェーバーで全剃りの経験をしてから、わりとあっさりと、もうこれからはずっとこれでいいかもしれないと思ったのだった。自分の身体に特殊な不可逆性を刻み込むという意味では、ピアスの穴を拡張したり、タトゥーを彫る態度にも少し似ているのかもしれない。脚や腕ではそんなことは起こらないのに、陰部では「毛がない」こと自体が何らかの態度になってしまう。それは、それ自体がヘアヌードに見られるようなフェティシズムの対象になっているからだと言うこともできるが、どちらかといえば、性的に成熟した身体を拒絶するような、あえて第二次性徴を迎える以前の身体でとどまろうとするような、そういう態度にわたしには思えたのだった。

手塚治虫の漫画に出てくるような少年少女たち。あの漫画の中で裸になったキャラクターたちは男女問わず性器を描かれず、そこには陰毛すら生えていない。まるで全身タイツを穿いたかのような奇妙なつるりとした身体の上に、目の大きなあどけない顔の少年、あるいは少女の頭部がちょこんと乗せられている。妖精のような中性的で無邪気な身体。彼らもおそらく、裸であることが「恥ずかしい」という気持ちが全くないわけではない。けれど、どこかその恥じらいは、自分が性的にまなざされているからとかではなく、この世界に対して幼く無防備で、未成熟な身体を晒してしまっていることそのものへの恥じらいにも思える。ふてぶてしさと、傷つきやすさを同時に宿したそんな身体に、わたしは強く惹かれていたのだと思う。

小学六年生の夏、自分の股の間に陰毛が生えてきたとき、とても怖かったのを思い出した。ちょうどその頃にわたしは自慰を覚えた。読書しながら、ただなんとなく下着の表面を撫でていただけだったのに、偶然その快楽に出会ってしまったことが恐ろしかった。そのあとで生えてきた一本の太い毛は何かの予言のようだった。

「もう、もとのお前には戻れないぞ。おれはいちおう警告したからな」

わたしはその瞬間、この毛むくじゃらの化け物に、これから自分がゆっくり時間をかけて内側から食い尽くされてしまうことを知った。それはもう決定されてしまったことのようだった。二つの乳房が石のように固くなり、ぴりぴりと皮膚を裂いて膨張していくのをわたしは薄目でぼんやり見ていた。わたしはその間も、自慰をやめることができなかった。


「いったん両脚の膝を立てていただいて、そのまま右脚だけ九十度横に倒してください」

白く細長いベッドの上で指示に従おうとするも、どうやらわたしはさっそく体勢を間違えたらしい。女性の看護師さんがわたしの右脚を持ち上げ、適切な位置に優しく置いた。わたしはゴムのついた茶色のバスタオルのようなものを上半身に巻き、裸の下半身をむき出しにしたままベッドに横たわっている。頭を乗せているドーナツ状の枕からは、さっき看護師さんが垂らしてくれたアロマオイルの香りがする。ラベンダーとオレンジ、どちらがいいですかと聞かれ、なんとなくリラックス効果が強そうなラベンダーを選んだ。

わたしは少なからず緊張していた。壁の向こうからは、レーザーが照射されるときの電子音が断続的に聞こえてくる。隣の部屋にも、同じようにこんな間抜けな格好をしている人がいるのだと思うと少し勇気づけられる。

「それではVゾーンの方から順番に当てていきますね」

手袋越しに、看護師さんの指先がわたしのへその下に触れる。麻酔クリームが効いているためか、どこか分厚いゴム越しに触れられているように思え、少し心細くなる。思いっきりこちらが両脚を開いた方が作業しやすいのではないかと思うが、この「半開脚」という微妙な体勢にも、おそらく施術者と患者の距離感などに基づいた、わたしにはわからない職業倫理が存在しているんだろうと思う。

冷たいジェル越しにレーザーの先端部が押し付けられ、わたしの肌の表面を滑っていく。部屋の中には、意外と大きな照射の電子音が淡々と鳴り響き始めた。太い毛が多いとされている恥骨のそばに近づくにつれて、どんどん痛みが強くなっていくのがわかる。炎で熱した針をぶすりと一瞬刺し込まれるような、鋭い痛み。思わず顔が歪むほど歯を食いしばってしまい、大丈夫ですか、いったん少し休憩しますか、と声をかけられる。びっしょりと掌が汗で濡れていた。目頭に涙が溜まっていくのを感じながら、この痛みは当然の痛みなんだ、と思った。わたしは、自然の摂理に反することをしようとしているのだから。失われてしまった子どもの姿のわたしに、再び出会おうとしているのだから。看護師さんは、何も言わずにガーゼのような布で目尻を拭ってくれた。

それから八ヵ月ほどが経ち、何度かの施術を経たわたしの股にはほとんど産毛のような細い毛しか生えなくなった。割れ目のあたりは、まるで桃の表面のようにも見える。すでに三回目あたりから変化が現れ始め、四回目あたりから太い毛は一本も見ていない。ネットで体験ブログのようなものを読むとけっこう個人差があるようで、もっと時間がかかるものだと思っていたので少し拍子抜けした。

先日、家に友人の飯山由貴さんが遊びに来た。飯山さんはわりと近くに住んでいる美術家仲間で、四歳の娘さんを乗せた電動自転車を颯爽と漕いでやってくる。一緒にお昼にオムライスを食べたあと、娘さんがお昼寝したいとぐずり出した。飯山さんが持ってきたオムツに穿き替えさせると言うので、布団のあるわたしの部屋に案内する。別にこのリビングで着替えてもいいよ、と声をかけた。うん、でも一応パンツ脱ぐので。そう言われて初めて自分の配慮の足りなさに気付く。

娘さんが眠りに落ちたのを見計らって、飯山さんはそっと部屋の引き戸を閉めて戻ってきた。

あのさ、とわたしはおもむろに口を開く。実は最近、あそこ脱毛したんだよね。飯山さんは一瞬面食らった顔をして「え、見たい」と言った。もしかしたらわたしの方から先に、見る？　と聞いたのだろうか。細かい経緯は覚えていないが、次の瞬間わたしはジッパーを下ろして、ショーツごとズボンを太もものあたりまでずり下げていた。そのことに全くためらいもしなかった自分に少しびっくりした。窓の多いリビングのカーペットに、午後の西陽がブラインドの影を落としているのが見える。めくったシャツの下から見えるわたしの割れ目は、日差しに照らされていつもより白く見えた。飯山さんは少し屈んで中腰になり、わたしの股から目を逸らさず、すごい、と呟いた。

わたしの布団の中で、娘さんは深い寝息を立てている。さっき穿き替えたばかりのオムツの下で、わたしのこれとよく似た肌が、静かな微熱を持っている。

ママと娘

普段何されてるんですか、と聞かれることがけっこう苦手だったりする。美容師さんやマッサージ師さん、たまたま居酒屋で隣に居合わせた人。その場限りの、初めて会う人同士の間をなめらかに滑っていくような言葉というのがわたしの口からはなかなか出てこない。「アートをやっています」というたった一言が言えない。「でも絵を描いているわけではなくて」「現代美術の文脈の中で映像作品を作っていて」「あ、別にドキュメンタリー映画を撮っているわけではなくて、というよりすべてのドキュメンタリーは同時にフィクションでもあるわけで」という複雑な説明を別にこの人は聞きたくてここにいるわけじゃないよな、と勝手に尻込みしてしまうのだ。

そういうとき人はどんな返答をするのだろう。日々の生活や、最近はまっている趣味、家族のことなどだろうか。わたしも今まで、初対面の人とそういう話はできる方だと思っていたが、それもだんだん、表面的に語ることが難しいことがわかってきた。複雑なことは、複雑にしか語れないのだ。

わたしには同居しているパートナーが二人いる。一人は斎藤玲児くんで、わたしが大学院に入ってからの付き合いになるから、もう十一年ほどの関係になる。もう一人は金川晋吾さんで、関係はもうすぐ四年くらいだ。玲児くんは映像作家で、晋吾は写真家である。みんなそれぞれ違う方法でカメラを扱う人たちである。

わたしたちは3LDKの古いマンションに住んでいて、各々の自室を持っている。制作をする作業部屋でもあるので、キーボードを叩く音で誰が今作業に集中しているのか空気でわかったりする。ご飯はタイミングが合えば一緒に食べながらテレビで漫才なんかを観る。だいたいいつも玲児くんがご飯を作ってくれているので、玲児くんは食事代を免除されている。晋吾はアトピー持ちなので、わたしと玲児くんが使っている洗剤ではなく、エマールで洗濯をする。生活する上でのルールのようなものは特に決めておらず、「何か起きたらそのとき考える」ということが暗黙の了解になっている。そんな暮らしもこの三月でもう四年目になろうとしているのだった。

先日、晋吾が「雛形」というウェブマガジンに載せたエッセイの中で、こんなことを書いていた。

今の暮らしを誰かに説明するときには、女男男の三人で住んでいて、男性はそれぞれ女性とパートナーであり、男性二人も生活を共にする大切なパートナーです、とこれまでは言ってきた。この説明は今でもまちがいではないが、自分の実感からはずれてきている。私としては、二組のカップルがまずありきというわけではなくて、三人の関係が大切なのだと言いたくなっているし、また、百瀬さんと私との関係がいわゆるカップルと言われるような恋愛関係をベースにしたものではない、別の親密な関係なのだと言いたくなっている。

同居している人のエッセイの中に、自分の名前が登場するのは単純におもしろい。うまく言えないけれど、実名が出ることと匿名であることの差というものを、このとき美学的判断として初めて肌で理解することができた。人の名前というものが持つ、ある種の墓石や記念碑を想起させるざらっとした質感の説得力がそこにはあった。こういう人たちが地球上のどこかで、ただ坦々とこういう暮らしをしているのだという、記名の力のようなものがたしかに言葉にはあると思えたのだった。

　また、ここに書いてある「三人の関係」について、これは彼らとともに時間を過ごすうちになんとなく共感できるようになってきた。と言っても、そう簡単に自分がその境地に達したわけでは決してない。今でもその軸は度々ぶれる。少し前までは、わたしに向けられているものが恋愛感情ではない、ということを受け入れるのがかなり辛かった。自分がこの人にとって大切でかけがえのない存在である、ということを証明するのに、当時のわたしにとって一番手っ取り早いのが、恋愛感情を受け取ることだったのだと思う。でも、「恋」と「愛」も厳密に言えばだいぶ異なる感情であることもなんとなくわかっていたし、そこには「情」というさらに曖昧な概念も含まれていた。

　そのことを晋吾から伝えられたのは、ちょうど晋吾との関係が三年目くらいになった頃だった。かつて玲児くんにも似たようなことを言われたことがあり、だからこそこんな暮らしが可能になったとも言えるのだが、わたしは自分がいったい彼にとって何なのかがわからなくなって混乱してしまった。その時点ではわたしは、おそらくまだ晋吾に恋をしていたのだと思う。

恋の渦中にいる人間は、自己を支える柱が、得体の知れないバグによってぐらぐら揺らされていることを頭では理解している。しかしその狂気の中に自分だけが取り残されることに耐えられず、その相手も一緒に狂ってくれることを願ってしまう。その狂気自体にはとても多幸感があって、しばしば人の判断能力を失わせる。そういう時に思わず不安から出てしまう問いが「わたしはあなたにとって何か」という言葉なのだろう。これを訊かれた相手は、本質的には「あなたはあなたでしかない」と返すことしかできないはずなのだが、何かの「形式」を欲している相手にはその言葉は届かない。そうして全てが終わった後に、その夢が単なる揮発性の脳内物質に過ぎなかったことに気づくのだ。

これは自分の中にある依存性の何かだ、ということにはとうに気づいていた。わたしはその脳内物質に振り回されることに今までずっと疲弊してきたし、この三人暮らしの中で、自分がすでに何を手に入れているのか、ということをもっと冷静に観察するべきだと思った。そして晋吾に恋人という役割を求めることを、もうやめようと思った。

今の自分にはピンと来ないのよね、と晋吾は言った。誰かを独占したい、されたいと思う感情とか、他のどんな関係性よりも無条件で優先しなければならない関係性だとか、そういうのが。

「でも、たしかにそこに愛情はあるのよ」

そう言う晋吾の目は笑っていたが、少し寂しそうにも見えた。

最近、晋吾とわたしは自分たちの関係性を「ママと娘」と名づけなおすことにした。晋吾のほうがママで、わたしが娘なのだった。そうしたら、少しずつ色々なことがうまくいくようになってきた。晋吾はわたしのママという自認を持つことでとてもしっくりくる感覚を得たらしく、嬉しそうだった。エプロンつけてもいいかもしれないわ、とも言っていた。

わたしは晋吾のことを「ママ」と呼び、晋吾はわたしのことを「あや」と呼ぶ。そういうとき晋吾の言葉遣いは語尾がいつも以上に女性的なものになる。わたしが自分の顔が丸くて嫌いだとか、しょうもない外見のことでぶつぶつ言っていると「あや、あなたはかわいいのよ」とママが横から言ってくる。それは実際に聞くとオネエ言葉というよりもむしろステレオタイプなおばちゃん言葉に近く、決してセクシーではない。お腹にトレーナーの上からホッカイロを貼った、四十歳の髭の生えた男がそれを言っているのだ。おそらく晋吾が女性で「ママ」という役割をあてがわれていたら、この構図はまた別の問題を孕むのかもしれない。しかしこの滑稽な演劇性を通して、晋吾の愛情を、わたしは前よりたしかに感じられるようになってきている。

晋吾のことを知ろうと色々なことを調べていく中で、他者に対して恋愛感情を抱かないアロマンティックというセクシュアリティがあることを知り、もしかしたら晋吾はこれに該当するのかもしれないと思ったりもした。でも二人で話すうちに、何か自分たちが明快な答えを求めて話をしているわけではないことにも気づいた。今のところ晋吾はそのような性自認を持っているわけではない。ただ、それに限りなく近い性質があるのだとは思っている。

もともとわたしは他者からの愛情、特に恋人からの愛情を信じることがとても苦手な人間だった。完璧な自分でないと愛される資格などないと思ってしまうところがあり、ついつい見栄を張って、素直に自分ができないことを認めることができなかった。幼少期に、実の親に抱きしめられた記憶も、褒められた記憶もほとんどない。それに親だったら誰でも無条件に自分の子どもを愛せる、ということが別に絶対的なことではないと理解できたのは、必ずしもマイナスなことだけではない。ただ、これ自体はわりとよくある話だと思うが、親に埋めてもらえなかったものを、今まで無意識のうちに恋人に求めてしまっていたのだと思う。自分の弱さをちゃんと受け入れるために、もう一度子どもをやり直す、というフィクションを利用するのは、案外いい方法なのではないかと思った。わたしはもう一度新しいママの前に生まれなおす必要があり、愛されなおす必要があったのだということを、初めて自分で肯定することができたのだった。

恋人でもなく、友人でもなく、その人との関係性の上でしか名づけられないものがあって、それに必ずしも既存の名前を当てはめる必要もない。ママと娘というロールプレイもあくまで既存のパッケージを利用した暫定的なものだが、そこに性別を超えた愛情のバリエーションがあることをたしかに教えてくれる。おばちゃん言葉もエプロンも、それ自体はただの記号にすぎないが、それを使ってどう遊ぶかで、人と人との関係のかたちはいくらでも変えられることに気づいたりもする。

玲児くんはどうするの、と聞いてみた。うん、やっぱママかなあ、自分もパパっていう感じではないな。と、玲児くんはニンニクを包丁で刻みながら言った。

「ももちゃんにかかわる人が、自分のほかにもいて、そのことでももちゃんが幸せになるのであれば、それは自分にとってもうれしいしありがたい」

と、かつて玲児くんはこの暮らしを始める前、晋吾に言ったことがある。わたしはその場にいたわけではなくて、直接その言葉を聞いてはいない。けれど、今でもそのことをたまに思い出したりする。

わたしたち三人は、別に何か契約をしているわけではないから、いつか物理的にこういう暮らしではなくなる日が来るかもしれない。でも、わたしたちのこの関係性は、たぶん別にそのことを理由に終わったりはしないだろう。むしろたとえこの地球に散り散りに住むことになったとしても家族でいられるように、わたしたちは将来の約束をしないのだと思う。

骨が怖い

　子どもの頃、骸骨が苦手だった。苦手というのはまだ軽い表現で、車に貼られたヘヴィメタバンドのドクロのステッカーの前で足がすくんで変な汗をかいてしまうくらい、それは恐怖の対象でしかなかった。あのひょろっとした骨格標本に出会いたくないあまり、理科室の前を通るときはいつも横を向いて小走りしていた。海賊の旗が出てくるような冒険漫画も一切読めなくなってしまったわたしは、該当ページをセロハンテープで留めて、うっかり開かないようにしていた。

　子どもの頃は、誰でも特定の何かに対して説明のつかない恐怖を覚えたりするものだとは思う。よく周りの友人から聞いたのはピエロの顔だろうか。当初わたしは、あの骸骨の真っ黒な眼窩と、にかっと大きく開いた顎が、ピエロのように笑いと狂気が入り交じった原始的な恐怖を植え付けるからなのではないかと思っていた。つまりは、あくまで骸骨のその造形的な部分に、恐怖の本質があるのだと思っていた。しかし、よくよく自分の昔の記憶を思い起こしてみると、必ずしもそうではないような気がしてきた。

アンパンマンの中に、ホラーマンという気さくな骸骨のキャラクターが出てくる。パンの世界になぜ突如として骸骨が登場することになったのか、冷静に考えてみるとちょっと謎である。ある時点まで、わたしはホラーマンのことが大好きだった。彼はいわゆる正義、悪という二元論に基づいて行動せず、その状況によってふらふらとアンパンマンの敵にも味方にもなってしまう。彼には「ドキンちゃんに愛されたい」というただ一つの行動原理があるのだが、風見鶏的な振る舞いをしてしまうホラーマンの切実な願いはいつも報われない。そのどことなく優しい愚かさのようなものに、わたしは無意識に惹かれていたのかもしれない。しかしわたしは、途中からホラーマンの姿をテレビで直視することができなくなってしまった。

わたしは、その年齢の子どもが全員通るであろう儀礼的なものとして、人は死んだらどうなるの、と両親に尋ねてみたことがある。この問いに対してどのような返答のバリエーションがあるのか、周りのいろんな親御さんたちにも聞いてみたいのだが、いずれにせよ、わたしの両親が言ったのは「人は死んだら、燃やされて骨になる」というものだった。三途の川や天国などの精神世界について語る親もいるのだろうが、彼らはあまりそういったことを言わないタイプの人間だった。

その時点で、子どもながらに骨というものの存在自体は認識していたと思う。自分の肌をぐっと押すと、その下にごつごつと固い石のようなものがあることはわかっていたし、それがどうやら骨という名前で呼ばれていることも知っていた。漫画などで人がビリビリ感電するときに、体がレントゲンのように透けてしまうという表現があるが、おそらくはそういうものから自分と骨との関係性をなんとなくは理解していたのかもしれない。人は死んだら、燃やされて骨になる。そのときわたしはこの肌の下に、自分の最期の姿が、生まれたときからずっと埋め込まれていることに初めて気づいた。いつか死を迎えた瞬間にわたしという存在は消え、一度も会ったことのない骸骨に取って代わられる。それが自分の体の中で、その日がやって来るのをじっと息を潜めて待っていると思うと、恐ろしくて逃げ出したくなったが、この体の外のどこにも逃げる場所などなかった。わたしは、ホラーマンがかつて自分と同じように、やわらかい肌を持った「誰か」であったかもしれない可能性について想像した。テレビの中のホラーマンは、相変わらずひょうきんで優しかった。

しかししばらくの間、わたしは彼の姿をまっすぐ見ることができなかった。

このわたしを外形的にわたしたらしめている、猫っ毛の髪、重たい奥二重の瞼、薄い唇、頬に残った水ぶくれの跡。わたしがわたしであることの、それらの愛おしい証明は、やがて炎の中ですべて失われるだろう。骸骨が持つ恐怖の本質は、おそらくはその匿名性なのだと思う。今、偶然居合わせた誰かの顔をべろっとめくった向こうにある頭蓋骨と、自分の頭蓋骨の違いを、見分けられる自信がない。それはわたしに違いないが、それがわたしであるということがわたしにもわからない。この体で毎日を生きながら、なぜそんな状態に耐えられているのだろう。

年をとるにつれて、骸骨を怖がることもなくなってしまった。わたしはあれから、歴史の教科書の中に、戦争ドキュメンタリーの中に、あらゆる時代に生きた骸骨の姿を見た。彼らには彼らそれぞれの人生があったはずだった。しかし、それぞれ状態こそ違えど、それはわたしにはみんな同じような骨に見えた。わたしだって、別にわたしでなくても良かったのではないか。どんな時代に生まれたにせよ、自分たちはそんなふうに交換可能なものの上に被せられた着ぐるみを、暫定的に「わたし」と呼ぶことしかできないのかもしれない。骸骨を見るたび、そんなことを思うようになった。

三十歳を目前にしたある日、病院で顎のレントゲンを撮ったことがある。長らく先延ばしにしていた歯列矯正を始めるにあたりまずは歯全体の様子を見ることになったのだ。レントゲン装置の中に入ってハンドルを両手で握り、台の上に顎をのせる。ちょうど口の前に突き出たプラスチック片のようなものを上下の歯でイーと挟むように促される。先生が合図をしてドアを閉めると、頭の周りで巨大な撮影装置がグルングルンと回り出す。レントゲン室の中にはわたし一人しかいない。いま巨大地震が起きたりして、このよくわからない状況で死にたくはないなとぼんやり思った。診察室に戻ると先生が、お疲れ様でしたと言ってモニターを見せてくれる。そこには、にっこりと八重歯をこちらに見せて微笑む頭蓋骨が映っていた。一瞬、お前は誰だ、という妙な気持ちが沸き起こるのがわかった。背筋が粟立った。ずっとそれはそこにいたのだった。それはどこか懐かしく、嬉しくもあるような、おぞましい感覚だった。

初めてわたしが生で人骨を見たのは、それからしばらく時間が経ったあとの、祖父の葬式だった。祖父はずっとシェイクスピアの研究をしていた。認知症になったあともそのあたりの記憶は鮮明に残っていたようで、ハムレットの台詞の朗読を頼むと、部分的に英語で暗唱してくれたりした。おそらくは意味というより、身体に刻み込まれたおぼつかない音節となって、祖父の唇からそれが漏れ出てくるのをわたしはスマートフォンで録画した。祖父の生涯を支えてきた数多くの台詞が、祖父の口から発せられているところを残しておきたかったのだ。生きるべきか死ぬべきか、それが問題だ。とうとうその台詞が出てくるのを聞いたとき、自分は残酷なことをしているのかもしれないと思った。

祖父が亡くなった翌日、わたしはベッドに横たわる祖父の隣に、白い掛け布団をめくって潜り込んだ。祖父の皮膚はまだ柔らかかったが、ひんやりとしていた。そしてスマートフォンを取り出し、祖父の隣で、数年前に撮影した動画を再生した。生きるべきか死ぬべきか、それが問題だ。撮影した当時に感じたよりも、その声は太く、張りがあった。祖父にも画面がよく見えるように、顔の前にそれをかざした。もちろん祖父は見られるわけはなかったが、なんとなくそうするべきなような気がした。

各々のやり方で別れの儀式を終え、わたしたち親族は火葬場に向かうことになっていた。わたしはもうとうに大人になっていたし、いまさら骨に対する怖れはないと思っていた。けれど、本当にそう言えるかと思うと自信がなかった。
「気持ち悪かったら、骨見なくていいのよ」
と、昔のわたしを知っている母が言った。大丈夫、とわたしは即座に答えた。そもそもそれは気持ち悪さとはまったく違う感情だったし、何より祖父に対して恐怖心を抱きたくなかった。

初めての火葬場は思ったより寒く、底の薄いパンプスで来たことを後悔した。施設の職員さんたちは、厳かに、そして的確に仕事をこなし、あらゆるスケジュールは滞りなく進んでいるようだった。それもそうかと思った。ここには、いまさら時間の流れに抗おうとする人はいないのだ。

祖父の身体が入った棺が、石造りの暗闇の中にゆっくり吸い込まれていくのをわたしは見ていた。すっぽり棺が収まったあとで、重そうな石の扉が、上からゆっくりと降りてきた。それは五センチくらいを残していったん止まり、再びゆっくりと時間をかけて降りてきた。そして、音も立てずに完全に閉じた。まるで劇場の緞帳のようだった。もうひとつの世界は幕の向こうに遠ざかってゆき、わたしたちはいつの間にか客席に座ってそれを見ていたのだった。祖父に見せてあげたかった、と思った。

そのあと案内された部屋で親族たちは食事をとることになっていた。長いテーブルの上に、人数分の漆塗りの重箱が並べられている。わたしはあまり食欲が湧かなかった。人の体が焼かれている間に、みんなで食事をするということにどういう理由があるのかよくわからなかった。そのとき一瞬頭をよぎったのは、いつもドミノ・ピザをネットで注文するときに表示される「ピザトラッカー」という画面だった。自分が注文したピザが、現在どのような状況にあるかが、リアルタイムに表示されるのだ。いまオーブンに入ったところです、いま焼き上げています、いま焼き上がりました……

わたしは漆塗りの箸で、高野豆腐をつまみあげて口に含んだ。奥歯で嚙むと、冷たいだし汁が口の中にじゅわっと溢れ出した。人の身体は、ほとんど水分で出来ていることを急に思い出したりした。

焼き上がった祖父の身体は、灰にまみれた白い香木のように見えた。わたしはもっとあからさまな骸骨の姿で出てくるのかと思っていたので、すまないと思いつつ内心ほっとしていた。

「これが下の顎の骨ですね、とても大きくしっかりしてらっしゃいます」

職員の女性が骨を指しながら丁寧に説明してくれる。本当になんでもよく食べる人だったからねえ、と親族の誰かが小さく笑った。歯もついていないその長細い白いかけらを、かつて祖父の顎だったものと仮定して眺めてみる。不思議と怖くはなかった。そこには、いまここにいない人間についての、想像力を駆使した対話が必要とされていた。それはときに、物語と呼ばれたりするのかもしれないと思った。

あなたの番よ、と、母がわたしの肩に軽く触れる。わたしは長い箸でその顎の骨を挟み、持ち上げた。その一瞬、箸を持つ指にかかる重みが、先ほどの高野豆腐に重なった。奇妙な倒錯だった。このからからの骨から失われたものは、さっきわたしの口の中に充満した冷たい液体だったかもしれなかった。わたしの身体に刻み込まれた、箸をあやつる指の所作は、そのまま祖父の骨を口に運んだところで、なんら矛盾はなかった。とはいえわたしはその骨を食べはしなかった。食べても食べなくても、どちらでもよいと思えた。渇いた喉の奥で唾を飲み込み、わたしは骨壺のてっぺんに顎の骨をそっと載せた。

交差点

ある夜、地元のスーパーの前を歩いていたら急に男の人に声をかけられた。何かの勧誘かと思い足早に立ち去ろうとしたが、隣にぴたっと並んでついてくる。すみません、とても素敵な方だったので思わず声をかけてしまったんです、とわたしに歩調を合わせながら彼は言う。ウェーブがかかった髪の毛で身長が高く、わたしに目線を合わせようと少し前かがみになってくれている。カットモデルが見つからない不憫な美容師さんか何かだろうと思って、ついわたしも一瞬足を止めてしまったのがまずかった。

そのわたしの躊躇を見計らうように、このあとお時間ありませんか、と彼は爽やかな微笑みを浮かべて言った。そして「きっと満足させられると思います」とおどけてみせた。何だそれ、と思った。そこでようやく、ああこれはナンパなのだと気づいた。しかし明らかにわたしは、たった今そこのスーパーから半額シールを貼られた惣菜をビニール袋に入れて出てきた疲れ顔の女であって、なぜこんなところでわざわざそんな人間に声をかけようと思ったのか意味がわからなかった。

「マスクしてて、なんで素敵かどうかわかるんですか。口裂け女かもしれませんよ」とわたしは突き放すように言った。実際、それはこのコロナ禍で人々の顔がマスクに覆われることが当たり前になったときからずっと疑問に思っていることだった。ナンパされることはこの状況になってから何回かあったけれど、顔の情報が半分以上も見えない状態では、あなたに惹かれていますということを伝える説得力がだいぶ失われてしまうのではないだろうか。

彼は少しばつの悪そうな顔で「すみません。服装がお洒落だったので、つい」と言った。年齢を聞いたら三十二歳で、わたしと一つしか変わらなかった。わたしはナンパされたこと自体より、彼がわたしの顔を見ずに素敵だと言ったこと、それ自体になぜか腹を立てていた。それは別にわたしである必要性はなかった。このロングヘアとか、ラメ入りのアイシャドウとかマスカラとか、そういう「女」をかたちづくるただの匿名的な記号が、彼に通りすがりのわたしにたまたま声をかけさせただけじゃないのか。それは何に向けられたものかよくわからない、嫉妬にも似た、子どもじみた感情だった。

彼はNさんといって、最近仕事の関係で隣の駅に引っ越してきたらしかった。とりあえず夜も遅いし今日は自分の部屋に帰って眠ります、とわたしはぶっきらぼうに言った。でも、自分のこの奇妙な感情の正体を知りたいと思ったわたしは、なぜかそのままNさんとラインを交換した。なんでそんなことをしているのか自分でもよくわからなかった。Nさんは少し驚いたあとで、また連絡しますね、と嬉しそうにお辞儀をした。

わたしたちはスーパーから少し歩いたところの交差点でそのまま別れた。忘れかけていた、ビニール袋の重さが指にのしかかってきた。早く帰ってこのトマトパスタをビールで流し込んで寝てしまいたかった。見上げた月に、煤けたような雲がぼんやりかかっていた。

翌日、職場の美術予備校で同僚の森田さんにその話をした。顔も見ないでそんなこと言うのはやっぱり失礼だと思うんですよ、とわたしがぼやくと「でもある意味、相手の服のセンスや雰囲気に惹かれるというのはルッキズムではないところの判断なわけですよね」と森田さんは言った。その視点はなかったというか、確かにそうかもしれないと思った。わたしは無意識に顔という一部位に自分のアイデンティティの大部分を背負わせていたことになる。それを思ってちょっと落ち込んだ。

「ところで、ドライブ・マイ・カーは観ましたか」

森田さんには、最近の映画の感想をよく聞かれる。はい、面白かったですとわたしは答えた。実際にとてもよくできている映画だと思った。

「偶然と想像は？」

一瞬何のことかと思ったが、いや、まだですとわたしは答えた。あれ百瀬さんがどう思ったか聞きたいんですよね、と森田さんはキーボードを叩きながら言った。

濱口竜介監督の『偶然と想像』は、世間が『ドライブ・マイ・カー』の話題で持ちきりの中、上映が始まった同監督の新作短編集である。森田さんもわたしも、濱口監督の映画については『ハッピーアワー』の頃から色々な話をしてきた。

登場人物が実際に作品の中で何者かを「演じる」行為を通して、それぞれの人生を受け入れていく救済のプロセスを描くのが彼の方法論なのだ、と簡単に言ってしまうことはできる。しかし濱口監督の映画には、時折そこはかとない悪意にも見えるような、「演じる」という行為につきまとう人間の業のようなものが映し出されてしまう瞬間がある気がしていた。それは言い方が難しいのだけれど、この平凡な人生の中で、他の誰でもない特別な「何者か」でありたいと願う人間の欲望自体が、わたしたちにどういう問いを与えるのかという問題なのかもしれない。どこか見覚えのある芸術関連施設の白いのっぺりとした廊下や、演劇ワークショップに参加する男女のおぼつかない立ち居振る舞いをスクリーンの中に見つけるたび、かつて「何者か」になりたくて仕方がなかったわたしが過去から呼び起こされて、射抜かれたような気持ちになる。羞恥と赦しが入り交じったような複雑な感情。そのようなひりつきのある爪痕を残せる作家は、稀有な存在だと思う。

Nさんと最初に会うことになったのは新宿の雑居ビルに入った、狭いバーだった。そこでマスクを取った彼の顔を初めて見た。よく焼けた小麦色の肌で、目鼻立ちがはっきりしていた。

お互いの仕事や生い立ちの話をした後で、彼は少し照れながら、自分は実はナンパ師なのだと打ち明けた。わたしの話し方があまりに取材相手に対するそれのようだったので、ふいに自分の話を聞いて欲しい気持ちになったらしい。今は土木関係の仕事をしながら、三〜四人の女性と同時進行で連絡を取ったり関係を持ったりしているのだという。この後も女性と会う約束があるのだと、Nさんは屈託のない笑顔で言った。

そうやってナンパを繰り返すのは、女性と会って寝ること自体が目的なのか、本当に心から愛せる人を探しているのかどっちなんでしょう、とわたしは聞いた。

「いつかはそりゃ、愛せる人を見つけたいですよ。でも今は、いろんな女の人と会うこと自体が楽しいんです」

Nさんは爽やかな笑顔で、でも時折決まりの悪そうな表情を浮かべながら続けた。

「同じナンパ師の人たちのコミュニティでも、数を稼ぎたい人はこういうとちょっとあれですけど、ブスめな子とか、メンヘラ気味な子を狙うんです。おばさんとか。そうやって、今日はこんなのとやったとかをツイッターとかオフ会で報告しあったりとか。本当に僕が尊敬してるナンパ師はめっちゃ良い大学出て賢い人ばっかりだったりしますし、レベルの高い子しか狙いません。可愛くない子をあえて傷つけるようなことはしませんよ。僕も本当に自分が素敵だと思った人にしかいきたくないから、それはやらないです」

テーブルの上に置かれた、さっき適当に頼んだカクテルが、安っぽいエメラルド色の光をうっすらと反射している。

「この世界だと基本的に女の人は、男を選び放題じゃないですか」

Nさんが笑いながら漏らす言葉が頭の中で意味を結んだり、また解けたりを繰り返す。女の子たちは華奢なグラスを片手に、薄暗い店内を気だるそうに行き来している。自分がここにいる理由がなんだったのか思い出せなくて、暗い海の底でじっと息をひそめる平べったい深海魚になったような気分になる。そう、魚のようなものとしてみなされている感じかもしれない。声帯のない生き物。声を持たぬことにされた生き物。陸と海くらいの隔たりが、そしてそれゆえの息のできなさが、ここにはある。

ある日、わたしはNさんに『偶然と想像』を一緒に観に行きませんか、と誘った。わたしが濱口監督の映画を選んだのは、もちろん自分が観たかったのが一番の理由ではあるけれど、Nさんに対する明らかに意地悪な気持ちからだったと思う。あれから頻繁に届いていた、家に遊びに来ませんかという彼からのラインを無視して、わたしは一方的にBunkamuraル・シネマのリンクを送りつけた。

映画館に現れたNさんは、わたしのために自由が丘の有名な店のクッキーを買ってきてくれていた。映画館に来るなんて三年ぶりくらいだと言いながらそわそわしている。決して悪い人ではないのだ、と思って少し後ろめたい気持ちになる。『偶然と想像』は三つの作品からなる短編集だった。この三つの中であなたが一番好きなものはどれ？　という心理テストが作れそうだと思った。選んだものが、あなたが胸の奥に秘めている性的願望を示しています。

　わたしは二つ目の『扉は開けたままで』という作品が一番好きだった。ある仕返しのために一人の大学教授を誘惑するように同級生に頼まれた女子学生が、その教授の書いた小説を彼の個人研究室で朗読する話。その小説の中で主人公は、女性に睾丸を剃毛され、そのままそれを口に含まれ愛撫される。そのシーンを朗読したあとで女子学生は、これを執筆しながら先生は勃起していたんじゃないですか、と教授に問いかける。教授はそれについて「そうかもしれません」と、物語を書くことにつきまとう、言葉そのものによって運ばれていくような自己の明け渡しの感覚について静かに語り出す。それに呼応するように、自分の空虚さを教授に告白した彼女は、自分が彼を誘惑しようとしたことを正直に打ち明ける。一筋の涙。教授は、あなたの声で自分の小説が聴けて良かった、と伝える。そして教授と彼女は、ある秘密の約束をするのだった。

ここでいう「開かれた扉」とは、廊下に明け放たれた彼の研究室の扉のことでもあるし、二人が共有した内面世界を、世界の中で合意を保ったままとどめおくものでもあるのだろう。空気中を吹き抜けていく声でしか救われないものがあること。物語は意外な結末を迎えるのだけれど、歯切れの悪い矛盾を、矛盾のまま残すような終わり方がとても素敵だと思った。

何かを演じる、というのは本来とても覚悟のいることなのだ。館内がぱっと明るくなり、周りの観客たちが無言でもそもそとコートを着始めている間、わたしはそのことについてぼんやり考えていた。そして同じことが隣に座っているNさんにも伝わっていて欲しいと思った。それはただの傲慢だとわかってはいたが、それだけのことをわたしは言われたのだから、という思いを拭い去ることができなかった。

映画館を出ると外はすっかり暗くなっていた。わたしたちはそのまま渋谷駅に向かって文化村通りを歩いた。ときどき、とりとめもない感想をNさんは隣で漏らしたが、あまりうまい返しができなかった。

「ああいう恋愛っぽい会話劇みたいなのって、あんまり共感できなくて」

そうなんですね、とわたしは乾いた返事をした。

「文さんには言ってなかったけど、僕ずっと鬱やってたんです。それで高校中退して」

Nさんのマスクに覆われた横顔からは表情はよくわからなかった。

「なまじ顔が良かったから、高校の時はすごくモテたんですけどね。でも変なプライドが邪魔して、結局誰とも付き合わなかった。鬱やってからは、全く出会いがなくなっちゃって。なんでいつの間にこうなっちゃったんだろうって」

今も薬は飲んでるんですか、と聞くと、今は飲んでないと彼は言った。

「街でナンパしてるとね、すごくメンタル鍛えられるんですよ」

わたしはそれに対して何も言わなかった。

「最近、自分のうまくいかなさをなんでも他のせいにしたりするでしょ。僕は違うと思う。社会は結局、社会でしかないんですよ」

それからずっとNさんとは会っていない。街にはもう春めいたぬるい空気が漂い始めていた。Nさんと会ったときに着ていたウールのコートに袖を通そうとして、すっかり暑苦しく感じてやめた。彼がどこかの街の交差点に立って、偶然を装いながら見知らぬ女性に声をかけているところを想像した。

春期講習のために出勤した職場で久しぶりに森田さんと会ったので、あの短編集を観たことを伝えた。ドライブ・マイ・カーより好きかもしれないです、とわたしは言った。何より、あのタイトルが、とっても。

「森田さんはあの三つの中でどれが好きでしたか」

「うーん、やっぱり最後のやつですかね。あれだけ唯一救いがあった気がして。百瀬さんは？」

「わたしは二つ目のやつです」

「ああ、それは、なんかわかる気がするなあ」

森田さんはそう言って、すべてを見透かしたように笑った。

ビオランテ

花というものに対する距離感がいまだによくわからない。より正確に言えば、それは花瓶に活けられるような切り花のことだ。こちらの都合で、土から見知らぬ場所へと移動させられたものたちに対する後ろめたさがそこにはあるのかもしれない。でも、それ以外にも、何か説明のつかない感情があるような気がしていた。

わたしが育った実家は古い3LDKのマンションの一階で、白い網の柵に囲まれた六畳くらいの広さの庭があった。父は生い茂った雑草を刈り取り、土を耕し、そこに何種類もの小さな畑を作った。週に五日サラリーマンとして働きながら、それに加えてさらに労働をしようという人の気持ちがわたしにはよく理解できなかった。そこでは毎年カブや人参、ルッコラ、キュウリやゴーヤなど、様々な形の不揃いな野菜が収穫されるようになった。

　その畑を見守るように、庭の隅には前の住人が植えたと思われる不釣り合いな薔薇の樹があった。花の色の記憶は曖昧で、ワインレッドのようだった気もするし、薄いピンクだった気もする。薔薇が咲く季節になると、父や母はその枝を庭から切ってきて、食卓に置かれた細いガラスの花瓶に活けた。素朴な和食のおかずが多い我が家の食卓で、その薔薇の花はどこか滑稽で浮いていた。そして何より、わたしの家族は花の捨てどきというのをあまり考えていないように見えた。みすぼらしい花の姿を毎日見ながら暮らすことについて気にしているのは、どうやらわたしだけのようだった。萎れた花弁がぼとっと鈍い音を立ててテーブルクロスの上に落ちるのは、なぜか決まって食事の最中だったりした。

　わたしが十一歳になり初潮を迎えると、我が家には奇妙な習慣が生まれた。母はある日、わたしにさらりとした触り心地の布ナプキンを手渡してきた。色はサーモンピンクで、指で押すと野暮ったい厚みが伝わってくる。もっさりとした存在感を放つそれを股に挟んでいるだけで、何か自分の自尊心が少しずつ奪われていく気がした。夜、たっぷりと血を吸い込んだ布ナプキンを洗面器の冷たい水に漬け込んでおくと、朝には鮮やかな真紅の水が出来上がる。顔を洗おうと洗面台に近づくと、ふっと鉄のにおいがする。ああそうか、わたしのか、と足元の洗面器を蹴らないようにそっとそれを脇に避ける。父は出勤前に白いワイシャツを着たまま、慌ただしそうにその洗面器を両手で抱えて、こぼさないように庭へ小走りで運んでいく。いつも庭にその赤い水がどのように撒かれていたのか、わたしは知らない。あまりに気まずくて、見ようとしなかったのかもしれない。父はそれが植物の栄養になると信じていた。実際、かつては人の排泄物が肥料になっていたわけだし、そういう側面もおそらく多少はあるのだろうと思った。

食卓には、そうやって作られた野菜が並んでいた。別に血の味がするわけでもないのだが、口をもごもご動かしていると、気恥ずかしいような、どこか誇らしいような不思議な気持ちに襲われた。薔薇は細い花瓶の中から、わたしをずっと見下ろしていた。この薔薇もきっとあの赤い水を吸ったのだろうと思った。

この記憶を思い返すたび、昔テレビで見た『ゴジラVSビオランテ』のことが頭をよぎる。ビオランテは、巨大な薔薇の樹の姿をした植物怪獣である。ゴジラの細胞と植物との融合実験を行っていた白神博士は愛娘を亡くし、失意のあまり彼女の細胞を密かに薔薇の花の中に組み込んでしまう。薔薇は生前の彼女が最も愛した花だった。そしてその花に永遠の命を与えようとするあまり、彼はさらにそこへゴジラの細胞を注入し、怪獣ビオランテを誕生させてしまうのだった。芦ノ湖の水面にたたずむ、真紅の薔薇を頭頂部に据えたビオランテの姿が美しくも恐ろしいのは、そこに表情を示す顔らしきものが何もないにもかかわらず、人間のたたずまいを勝手にこちらが想像してしまうからなのだと思う。目を持たない花をつい擬人化してしまうのは、こちらが理解可能な感情を彼らに与えて安心したいという人間の防衛本能でもあって、その根源的な不安からくる恐怖がこの作品にはよくあらわれている。彼らがどういう顔でこちらをまなざしているのか、わたしたちは永遠に知り得ないのだ。

花瓶の口から自重で前に垂れた薔薇の花は、どこか人の頭部の重みを思わせた。棘のついた茎には、ほのかな赤みがさしていた。

先日、わたしはある展覧会に参加することになり、会場となる牛込神楽坂の旧印刷工場跡地に下見に来ていた。坂道に面したその黄色い廃墟ビルは奇妙なつくりをしていて、正面から入る入り口が三階となり、最上階へと向かう階段があって、再び別の階段から降りていくと裏の出口が一階となる。入り口側が坂道の高い方に面しているため、そういうことが起きるのだ。わたしたちの消化器官も、あちこちねじれているけど一本の管であることをふと思い出したりした。

　今回の展覧会の運営をしている田中勘太郎さんが、展覧会の動線に沿って建物の案内をしてくれる。埃っぽいリノリウムの階段を一段登るたびに、眠っている大きな動物の隣を通り過ぎるときのような、侵入者としての微かな緊張感がある。建物はあちこち錆びた配管が飛び出たりしていて歩きやすい場所ばかりではなかったが、でもそういった、おまえを歓迎もしないが追い返しもしない、という空気にどこか居心地の良さを感じてもいた。

　古い建築のためか、窓のつくりがあまり現代では見慣れない華奢な格子窓で、指で触れると静かにかたかたと揺れる。冬の作業はだいぶ寒かっただろうな、とかつてここで働いていた人々のことを想像する。冬になるとわたしはよく薄い紙で指を切った。そこに相関性があるのかはわからないけれど。

　このビルはこのあと別のオフィスが入るんですけど、ちょうどそのリノベーションを自分が担当することになったんです。それで、ちょうどその工事が始まる前の期間を使って展覧会をやろうと布施くんに声をかけたんですね。勘太郎さんは、楽しそうにわたしにそう説明してくれた。布施琳太郎さんは今回の展覧会のキュレーターで、ぜひわたしに参加してほしいと声をかけてくれたのだった。参加作家は十七名で、勘太郎さんも布施さんも展示の運営をやりながら作家として参加している。大変じゃないのだろうかとは思いつつ、自分たちでやりたいことを全部やる、みたいな健やかな誰かの欲望に触れるといつも嬉しくなる。布施さんの展示場所は二階で、勘太郎さんはわたしと同じ四階の向かいの部屋とのことだった。

下見が終わった後、みんなでビルの裏手の中華料理屋で夕飯を食べた。布施さんは、そういえばこの展覧会のタイトルをようやく決めたんですよ、とはにかみながら言った。

「惑星ザムザ」

へー、いいじゃん、と周りから喝采が漏れ、わたしは一緒に頷きながら目の前のピータンを箸でつまんだ。わたしはピータンが味も見た目も大好きなのだ。かまどの中に忘れ去られていた卵の中が、こんな黒曜石のような輝きで満たされているなんて誰がいったい想像できただろう。そこで変身するのはいったい誰なんですか、と布施さんに尋ねかけて、やめた。

いったん搬入作業が始まると、建物のあちこちが慌ただしい空気に包まれた。こうなると、下見のときに感じたような詩情は建物から一気に消え失せ、見慣れた

「設営現場」へと様変わりする。インストーラーの人たちが何度も階段を往復し、あれ今どこにある、これ足りてないよ、といったようなことを叫んでいる。わたしは自分の部屋のスクリーンの設営をやってもらって、残る自分の作業といえば、窓に貼ってもらった遮光シートの周りを光が漏れないように黒ガムテープで塞ぐくらいだった。窓ガラスより少しはみ出るくらいの長さにテープを切って、窓の桟の隙間を埋めていく。ざらついた桟に触れると、かすかに指に隙間風が当たるのがわかる。

わたしの作品は暗室にすることが必須のビデオインスタレーションだったので、布施さんからこの作品の出品依頼が来た時点から分かってはいたのだけれど、この窓を覆うことが少し申し訳ないような、後ろめたいような気もしていた。惑星の侵略者が土地に手を加えるとき、そこにどんな手つきが要求されるのかわたしにはわからなかった。下見のときに触れた窓ガラスの、あの微かな震えを体が覚えていたのかもしれないが、一方でそういうことを考えて手が止まってしまう自分のナイーブさにうんざりしてもいた。まだ意味を持たないものに出会ったとき、それをすぐに擬人化という表面的な共感へと翻訳してしまう呪いから、自分は一生抜けられないのかもしれないと思った。おそらくは、あの薔薇を前にして食卓に座っていたときから、ずっと。

真っ暗な自分の展示室内で、グレーのペンキで塗られた板切れを、プロジェクターで投影された映像の上にあてがう。最終的にスクリーンの表面に淡いグレーを塗るのは、映像の黒を強く引き締めるためだが、正直この作業は最後の足掻きというか、おまじないのようなものだと思っている。

暗い部屋で映像と向かい合っているとどんどん気が滅入ってくるので、板切れを脇に抱えたまま、わたしは向かいの勘太郎さんの展示室を覗いた。部屋には誰もいなかった。建物のあちこちの施工で走り回っている勘太郎さんは、自分の作品はすでにおおかたの設置を終わらせたようだった。わたしの部屋よりもだいぶ広い部屋に、そのままになった格子窓から自然光が柔らかく差し込んでいた。

部屋の中に入ると、巨大な排気筒のようなくすんだ銀色の物体や、配電盤のような筐体、ガラスのはまった木製の引き戸のようなものが、床にごろりと置かれていた。それらはがらんとした部屋の中で、互いの距離を推し量るように点在していた。天井からもともと吊るされていたと思われる蛍光灯は、古い鎖と新しい鎖を継ぎ合わされた状態で低い位置まで降ろされており、床に置かれたそれらを白く照らしていた。蛍光灯の上には、油分を含んだような薄茶色の埃がフェルトのようにみっしりと積もっていた。わたしは埃をそのままの状態に保ちつつ、鎖だけを継ぎ合わせた作家の手つきに感動した。それはささやかなことかもしれないけれど、とても慎重な、時間に対する敬意の表し方のように思えた。それらの下に、ガラス板が置かれ、その下にさらに植物が横たわっている。白い細いテープで丁寧に枝のかたちを整えられたそれらは、いわゆる雑草と呼ばれるような植物に見える。茎の先には白い小さな花が咲いていたが、少なくとも花屋で見るようなものではない。

「勘太郎くんは、この設営作業中に出るビルの産業廃棄物で押し花を作る予定なんですよ」と、布施さんから下見の時に簡単な説明を聞いてはいた。しかしそれは目の前にしてみると、想像していたものとは全く違った。産業廃棄物というから、もっとゴミ山のようなものかと思っていたのだ。実際、部屋の入り口のあたりには、そのほかに出たと思われる大量の廃棄物が積まれていた。再び展示室の中に並べられたものたちに目を戻すと、それは、植物と廃棄物のあいだの密やかな対話が成立するために、その廃棄物の山の中から選択された最善の結果なのだということが見て取れた。植物と廃棄物は、それぞれごろりと一対になって横たわっていた。そこにはフォルムや素材などの造形的な判断もあるのかもしれないけれど、わたしは先ほどの蛍光灯の埃の扱いにも似た、なにか厳かな儀式性の方を先に感じたのだった。

押し花にされた植物は、このビルの裏手の空き地で摘まれたものなのだと、あとから布施さんに教えてもらった。それは葬送の手つきに似ている、と思った。わたしは人からもらった花束が捨てられず、逆さまに吊るしてドライフラワーを作るとき、いつもどこかためらいを感じてしまう。朽ちて土に還っていくことと、乾いた不自然な姿で残されること、どちらが彼らにとって良い生だったと言えるのだろう。残されたものが、もうここにいない誰かのことを思い出すために、本来の姿を歪めてしまう身勝手さ。おそらくそれは写真の欲望に少し似ている。わかっている、でも、許してほしい、という祈りの形。その一瞬において、過去と未来のあいだに、静かな秘密が共有されること。床にしゃがみこんで名前も知らない雑草を眺めると、ガラス板からまだ水分を含んだような太い茎がはみ出ていた。どこか見覚えのあるような、ほんのり赤みを帯びた茎だった。

いつのまにか、橙色の四角い光が床の上に長く伸びていた。なんだかずいぶん遠くまで来てしまったような感じがした。もう少しだけこの空間にいたかった。昼と夜のあいだのような場所で、この建物とわたしだけが息をしているようだった。

わたしは脇に抱えていたグレーのペンキが塗られた板を、入り口の廃棄物の山のところに立てかけてみた。今から思えばなんでそんなことをしたのか自分でもよくわからないのだけれど、この特殊な時間を共有する中で生まれた廃棄物ならば、この板もここにあっていいのかもしれないとその時は本気でそう思ったのだった。

翌日に勘太郎さんから、百瀬さんすいません、あそこも一応作品なのでどかしました、とやんわり伝えられた。本当にそのとおりだと、心の底から申し訳ない気持ちになった。

「でも、これもありかなあ、と思って一瞬考えましたよ」

そう言って、勘太郎さんは腕組みをしながら笑って見せた。

カラオケ日和

昔、ある友人をカラオケに誘って断られたときのことを今でも覚えている。

「俺、本当に無理なんだよ。あれ、猿が洞穴の中で吠えてるみたいでさ」

彼はそう言ったあと、その言葉のごつごつした質感を自分で確かめるように、決まりの悪そうな笑みを浮かべてみせた。

それに対して自分がどういう反応をしたのかは思い出せない。いくらなんでもあんまりな言い方じゃないか、とむっとした気もするし、でもどこか、なるほどと清々しさも覚えて、へえ、と返したような気もする。歌うのが好きであることと、カラオケが好きであることは必ずしも一致しないのだと、わたしは人生でそのとき初めて気づいたのだと思う。もし自分が音痴なことがコンプレックスなのだとしたら、もう少し違う言い方になるだろうと思ったからだ。

おそらく、わたし自身は歌うことが好きというより、カラオケという空間自体が好きなのだと思う。別にライブ会場でボーカルとしてマイクを渡されても、緊張するだけだからわざわざやりたいとは思わない。ある意味彼が言っているのはその通りで、この場所は、人間として普段生きているものたちが、ある一瞬だけちゃんと猿になりきるための場所でもあるのだと思う。

まだ知り合って間もない、普段は格式ばったやりとりしかしていない関係性の人とカラオケに行くのは楽しい。モニターの青白い光に照らされながら、叫んだりうめいたりする無防備な身体を、狭い部屋の中で互いに見せ合えること自体が嬉しかったのかもしれない。わたしは人が歌っているときの横顔や、マイクを握りしめる手のかたちを見るのが好きだった。その人の視線が、ルビが振られた歌詞のテロップの上をぎこちなく滑っていくところや、唇とマイクの間の適切な距離を探ろうとして右手が空中で小刻みに動いたりするのを、氷の溶けたウーロンハイを片手にいつもぼんやり眺めていた。


わたしが通っていた美大はうっそうと草木が生い茂る玉川上水のそばにあった。

制作が煮詰まってくると、だいたいわたしたちは六時過ぎあたりから近くの一家がやっている居酒屋の二階でビールを飲み始めた。〆の高菜おにぎりを食べ終えたあたりで、誰かがカラオケ行くぞと言い始める。わたしたちは汗だくになりながら自転車をこいで、体にぺったりとTシャツを張り付かせながら、朝まで恋ヶ窪駅前のシダックスで歌い続けた。

おそらくカラオケにこだわる人というのは、この世界に大きく分けて二種類いるのだと思う。ひとつは、自分の声質を熟知した上で、その曲をカバーするかのように独自の解釈を加えながら歌う人。もうひとつは、その曲を歌う歌手の身体性を、どれだけ自分に引き寄せられるかということに情熱をかけて歌う人だ。

恋ヶ窪のシダックスで声が嗄れるまで一緒に歌い続けた彼らは、どちらかといえば後者の人々だった。生まれ持った声の質感はどうにもならないので、その歌手の声特有の様式的な部分を、どれだけ結晶化させて抽出できるか、ということが重要になってくる。たとえば岡村靖幸の曲ならば、歌声の最後が伸びきる場合には、必ずと言っていいほど次の瞬間に「h」の音が入ってくるといった法則が必ずあって、彼らはそれを驚くほど的確に摑んでやってみせる人たちだった。

いつだったか、ある男友達がそうやって気持ち良さそうに歌っている様子に、得体のしれない戸惑いを感じたことがある。そのとき、それこそ彼は岡村靖幸の『イケナイコトカイ』を歌っていた。汗ばんだ肉づきの良い首が、小刻みに前後に揺れる。わたしは、ステージ上の岡村靖幸の舌の動きが、彼の口の中で正確になぞられていくのを想像して、一瞬妙な気持ちになったのだった。それはまるで食事中に、食べているものと、性的な何かの感触を口の中でうっかり取り違えてしまったような気まずさだった。それ自体はたまにあるバグのような感情だったと思うが、彼の舌と、岡村靖幸の舌が、時間と空間を超えたところで交差したのは、紛れもない事実であるかのようにそのときは思えたのだった。

そう考えると、カラオケという機械は、不在の歌い手の身体と、今ここにいる人間の身体をつなぐ媒介装置ともいえるのかもしれない。かつてルイ・アームストロングの『What a Wonderful World』をあのダミ声で見事に歌い切る博士課程の先輩がいて、もはやそれはモノマネとも言えないレベルの完成度だったのだが、わたしはなんだか笑うこともできず、神妙な面持ちでそれを聞いていた。今思えば、あの世の人間の魂を勝手に現世に降ろしてくるような、妙に儀式めいた滑稽さを感じていたのかもしれない。

歌い手の体の後ろに、それを口ずさんできた人々の無数の体があって、その最後尾にマイクを持った自分が立っている。そこに体を重ね合わせるときにしか得られない、そういう種類の恍惚をこの空間は喚起するのだろうと思う。

「だいぶ昔に流行ったんだよね」と、誰かのデンモクから乾いた電子音とともにひとつの曲が送信される。わたしの知らない歌。はるか昔に死んだ人の舌と、いま目の前にいる人の舌が、絡まりながら真っ暗な口の中で踊り続けている。

二〇一七年に、わたしはとある基金の助成金をもらって半年間だけニューヨークに滞在していた。当時英語もろくに話せなかったわたしがその助成金をもらえたのは、ほぼ奇跡のようなことだった。到着してしばらくは、現地の人々が話していることをまともに聞き取ることすらできず、ブルックリン・ブリッジのたもとで買うつもりもなかった冷たいピザを一人で食べたりしていた。ある程度事前に勉強はしてきたつもりだったが、そんな短期間の努力でどうにかなるようなことではないのはわかっていたし、要するにそういう中途半端な態度がこの事態を招いたのだと思うとなおさら情けなかった。

ある日、わたしが入っているアーティスト・イン・レジデンスがアーティストのために招待したというキュレーターの白人女性が、わたしのスタジオに入ってきた。

彼女はわたしが作品の画像を見せながらたどたどしい英語でプレゼンをしている最中、ずっと神経質そうにスマートフォンの上で親指を滑らせ、何かを確認していた。そういう反応は別にここへ来て初めてではなかったし、彼らにとってわたしが有益な存在かそうでないかは、彼らが決めるのだと思った。もう大丈夫ですよ、ありがとう、と取ってつけたような微笑みを、彼らは名刺と一緒にわたしの机の上に無遠慮に置いていった。

わたしがもらった助成金は、アジアの国々とアメリカの文化交流を目的として設立されたもので、わたしの他にもベトナムや台湾、フィリピン、マレーシアなどから若いアーティストがたくさんやって来ていた。かつてアメリカの植民地支配を受けた国からやって来たアーティストが、ときどき上品なジョークを交えつつ、自国で行ってきたプロジェクトのプレゼンをそつなくこなすのをわたしは離れた席から眺めていた。まるで自分が、親戚の家に連れてこられた出来の悪い子どもになったような気持ちだった。彼らの英語には特徴的な訛りがあったが、ニューヨーカーたちのものよりはるかに聞き取りやすく、それが素晴らしいプレゼンであることはわたしにもよくわかった。ある特定の言語が圧倒的な支配力を持つこの世界で、生まれながらに英語が話せる、いや、話す、話さないという選択肢をそもそも選べなかった彼らを、一瞬でも羨んでしまった自分に心底嫌気がさした。

そのうちわたしは、同じ助成金をもらって来ているふたりのメンバーと仲良くなった。一人はベトナムから来たウェンという黒縁眼鏡をかけたキュレーターの女の子で、もう一人は台湾から来たシェンハオという背の高いダンサーの男の子だった。ウェンもシェンハオもほとんどわたしと歳が変わらない。ウェンはわたしが自分の英語のひどさに悩んでいると、時々一緒にプレゼンの練習につきあってくれた。ロンドンの大学を卒業した彼女は、日本で一度も聞いたことのないスラングをにやにやしながら教えてくれたりした。

あるとき、わたしは彼らと一緒にチャイナタウンにある台湾系のバーに行った。店内は暖色系の照明で薄暗く、赤い中華風のぼんぼりが窓にたくさん吊るされていた。カウンターにはラフなTシャツを着たアジア系のおじさんばかりが座っている。わたしたちは店の隅の丸いテーブルに座って、それぞれビールとフライドチキンを頼んだ。

「ここカラオケある」

シェンハオが店内のモニターを指差して言った。シェンハオはその整いすぎた体格のせいか最初は近づきがたい雰囲気があったけれど、気配りが丁寧で、たまに見せる笑顔がチャーミングだった。かつ英語力もわたしとどっこいどっこいな感じだったので、わたしは彼になんとなく好意に近い感情を覚えるようになっていた。

「アヤ、なんか歌ってよ」

確かにそこは、どうやらバーというよりはカラオケスナックのような場所らしかった。学生時代にスナックで働いていたことはあるけれど、プライベートでこういう場所に来たことはなかったし、いや無理でしょと最初は断ろうとした。でもどこか、日本ではない場所なら、むしろちょっと無責任に歌ってみたいような気持ちも同時にあった。知っている曲を探そうと、最近とんと見なくなった、表紙の擦り切れた分厚い冊子をめくる。そもそもこれはなんて呼ぶんだったか。歌本？　一番多く載っているのはおそらく台湾の歌手の曲で、あとは洋楽、そしてなぜか少しだけ日本の曲も載っていた。日本の機種だからだろうか。カウンター席に座っているおじさんが、親友とおぼしき人と肩を組んで異国の歌を歌っている。大学のときにいつもカラオケに一緒に行っていた友人たちのことをふと思い出す。どこの国に行っても演歌のような曲があるんだなと思う。

ぱらぱらとめくった日本の曲のページの中に、テレサ・テンの名前を見つけた。たしか彼女は台湾の人だったはずだ。有名な曲だし、シェンハオも知っているかもしれないと思った。わたしは唯一歌える『時の流れに身をまかせ』の番号をボールペンで小さなメモ用紙に書いて、マスターに渡した。

　店内に、昔スナックでよく聞いたものと同じイントロが流れる。モニター画面に日本語のテロップが表示されたのを見て、急にカウンターに座っていたおじさんたちがこちらに向き直るのがわかった。その中の一人が「お父さんたちの歌だよ！」と、興奮した笑顔で声をかけてきた。全くよどみのない、日本語だった。

　サビの部分に入った瞬間、数人のおじさんたちの歌声が日本語で重なった。わたしは思わず席を立ち、そちらのカウンターの方に移動した。時々つっかえながら、おじさんたちはテレサの中国語の歌詞を交えつつ、ひとつひとつの音を愛おしむように、さっき会ったばかりのわたしと一緒に歌った。

「お父さん」とは、ちょうど彼らの娘と同世代だと思われるわたしに対する親愛の表現だったのだろう。彼らの様子を見てわたしも思わず笑みがこぼれ、これがいわゆる多幸感というものなのだろうかと思った。そして歌いながら、自分の胸の中をときおりうっすら言葉にならない影が通り過ぎていくのにも気づいていた。彼らが日本語のテロップを読める理由を、日本語の歌を流暢に歌える理由を、わたしは知っていた。かつて彼らに、あるいは彼らの親たちに、自分たちと同じ舌の動きをするように強制したものたちと、わたしの舌は同じ動きをしていた。

ずいぶん後になってからわたしは、偶然テレビで観た『映像の世紀』の再放送で、テレサ・テンの人生がどれだけ中国と台湾のあいだで政治的に翻弄されてきたものだったか、どれだけ彼女の歌声が、民主化を求める当時の中国の人々にとってかけがえのない自由の象徴であったかを知ることになる。そのときのわたしは、「お父さん」たちにとってテレサの歌が一体どういうものだったのか、何もわかっていなかったのだ。

ふと、自分がいたテーブル席の方を振り返ると、ウェンとシェンハオが、お互いの瞳の奥を覗き込むように、何かを嬉しそうにささやき合っているのが見えた。すべすべとしたウェンの白い二の腕が、赤い照明にやわらかく照らされていた。この二人のあいだには、おそらくもう何かがあったんだろうとわたしは察した。わたしとおじさんたちの声が、彼らに聴こえていてもいなくても、どうでもよかった。グラスに入った誰かの飲みかけの紹興酒を勝手に少しだけ飲むと、わたしは再びマイクを握りしめ、大きく息を吸い込んだ。

ねじれたヌード

昔たまたま見た、『笑っていいとも！』のテレフォンショッキングで、ある女性芸能人がこんな話をしていた。

「わたし銭湯が好きなんですけど、たまにお客さんに、あっ！　て声かけられるじゃないですか。恥ずかしくて思わず近くの桶をつかんじゃったんですけど、自分の体を隠せばいいのか、顔を隠せばいいのかわかんなくなって、こんな格好になっちゃったんですよね」

その瞬間にタモリの横で彼女がとったポーズは妙にコミカルで生々しかった。彼女の左右の両腕は、顔と股間を同時に隠すようにねじれていた。体を隠すべきなのか、それとも顔を隠すべきなのか、というその正解のない問いを、今でも折に触れて思い出す。それは大げさに言えば、わたしたちの裸をめぐる恥じらいというものが、いったいどこに起因するのかということなのかもしれない。

先日、わたしはあるイベントに招待されて、赤坂のゲーテ・インスティトゥート東京に来ていた。最近仲良くなったパフォーマンスアーティストの小林勇輝さんが、直接ラインで誘ってくれたのだった。

それは、レクチャー、アーティストトーク、そして小林さんのパフォーマンスで構成された長尺のプログラムだった。予約サイトの説明には「脱身体化の傾向が進む現代社会の中で、人間の生身の身体をどのように表現で扱うべきか」といったような内容が書いてあった。身体表現というとき、そこには当然裸体も含まれる。レクチャーでは主に、そのようなかつての裸体表現と公共の関係性について語られていた。一九六〇年代のパフォーマンスアーティストが反権力の表明として都市の中で使用していた裸体と、現在のアーティストたちが扱う裸体は、おそらくだいぶ意味が違うのだろうと思った。そして、自分たちの体がたくましい男性の見た目をしていることの意味を、おそらく昔はそんなに考えなくてもよかったのだろうなということも同時に頭をよぎった。

小林さんの姿は、数年前からパフォーマンスの記録映像や写真を通して見たことはあった。そのときの小林さんの頭は大きな赤いイチゴの被り物で覆われていて、むき出しになった肌には皮膚呼吸がしづらそうな銀色の塗料がべったりと塗られていた。それはどこか露悪的なメルヘンのような写真だったが、同時に不思議と素朴な温かみを感じた。その後たまに展覧会などで会ったときに会釈を交わしたりして、イチゴの姿からは想像できないくらい礼儀正しい人だなと思ったが、落ち着いて話をする感じでもなかった。

あるとき、知人が開催してくれた少人数のボウリング大会で、わたしはようやくちゃんと小林さんと仲良くなった。磨きあげられた床の上で彼が大きく腕を後ろに引くと、腰まで伸びた黒い長髪が静かに揺れる。そのフォームには微塵もぶれが無く、百八十センチはありそうな大きな体から、振り子のようになめらかな軌道を描いて球が放たれる。かあんと気持ちのいい音を立てて、白いピンが暗闇の向こうに弾き飛ばされる。

小林さんの経歴は変わっている。もともとはプロのテニスプレイヤーを目指して毎年フロリダのテニスアカデミーに行っていたそうだが、その後ロンドンの芸術大学に進学し、パフォーマンスアートを一から学んだのだという。圧倒的な差が開いていく頭上のスコアを清々しい気持ちで眺めながら、わたしは彼の身体が今まで日本の美術大学で一緒に過ごしてきた同級生たちのそれとだいぶ違うものであることについて考えていた。表現をするうえで、一度本格的なスポーツの経験を経た身体とそうでない身体のあいだに、何か決定的な違いがあるのかわたしにはわからない。しかし語弊を恐れずに言えば、それは長い歴史の中で理想の身体として賛美され続けてきたであろう、大理石の彫像のような男性の身体だった。小林さんが、切れ長の目をした、典型的なアジア人の顔をしていること以外は。

レクチャー・プログラムが終わった後のゲーテ・インスティトゥートのエントランスでは、彼の過去のパフォーマンスの記録映像がモニターで流されていた。次のトークイベントが始まるまで、わたしはソファに座ってそれをぼんやり眺めていた。画面の中で、彼はチアガールのような衣装をつけたまま太い腕で逆立ちをして、自身の鍛え抜かれた身体を過剰に強調するような動きを繰り返していた。いずれにせよ、小林さんはその自分の筋肉質な身体に自覚的で、それが持つ社会的コードを作品の中で攪乱させようとしているのだと思った。

彼が自分の身体に向ける「愛」とは、どのようなものなのだろう。今この時代において、筋肉のついた身体であること自体に対する男性の内省的な葛藤があるとして、どのような身体になれたなら、小林さんは自分の身体を心から愛せたことになるのだろう。彼に限らず、本人の望む望まざるにかかわらず、生まれつきがっしりとした身体に生まれる男性たちがいる。筋肉という身体組織の一部に過ぎないものが常にマッチョイズムに結びつけられ、自分の身体を批判的に監視し続けなければいけないのだとしたら、それは結構きついことなんじゃないか、というようなことを一瞬考えた。でも、その人にとってかけがえのない自身の体について、わたしに代弁する資格があるのかもよくわからなかった。

筋トレとルッキズムの間に切っても切れない関係があるのと同じくらい、パフォーマンスとルッキズムも、もしかしたらずっと共犯関係を結んできたのかもしれない。そのパフォーマンスに対してくだす美学的判断と、パフォーマーの身体美、より露骨なことを言えば美醜に対してくだす趣味的判断を、自分たちは果たして明確に区別することができるのだろうか。より露骨なことを言えば、「このパフォーマンスは、このパフォーマーの身体が美しいことによってのみ成立しているのではないか」というような疑念が鑑賞中に湧いてきてしまったとして、わたしはその感情にどう折り合いをつけたらよいのだろうか。

その日のプログラムの最後には、小林さんの『BATTLECRY』というソロパフォーマンスが行われることになっていた。そしてその中には、先ほどのレクチャーの内容から察するに、小林さんが裸体になって行うものが含まれているようだった。

わたしは小林さんのパフォーマンスを生で見たことがなかったから、少なからずどきどきしていた。そしてその時間を、自分がどういう経験として受け止めるのかわからないことがちょっと怖くなった。わたしのまぶたの奥では、あのときボウリング場で見た彼の広い背中が、勝手にぼんやりと反芻されていた。かつて古代ギリシャの競技場の選手たちに熱いまなざしを注いでいた大衆と同じように、それとポルノを見るまなざしを、わたしの目は厳密に切り分けることができない。崇高な経験に対する期待と、どこかうしろめたい期待がひとつの欲望の中で入り混じってしまうことを、どうやって阻止できるのだろう。そして、それを誰が責めることができるのだろう。

「わたしは人前で裸にはなれない人間なんですけど……」とトークの司会の女性が二回ほど同じ台詞を繰り返していた。自分はどうなのだろうと考えてみたが、もしそこが身の安全が守られた閉じられた空間ならば、全然脱げる、と思った。裸になることでわざわざ警察に捕まったりしたくはないけれど、他人に裸を見られて恥ずかしい、という感覚自体がそもそも自分はいちじるしく希薄なことに気がついた。

　銭湯で一番恥ずかしい瞬間は、真っ裸の状態よりも、もそもそと背中を丸めて下着を下ろしている瞬間かもしれない。そのレースのついた小さな布きれによって女という記号を与えられ、自尊心が保たれているような気になっている、そのこと自体が露わになるようで恥ずかしいし、人間は日々いろいろな分泌液を出したりもするから、その痕跡を下着の上に見つけたりしてしまうのも恥ずかしい。すべてを脱いで裸になってしまうと、女としての自分からも、物質としての自分からも逃れられたようでなんだかほっとする。

　保育園のとき、プールの時間があるのに水着を持ってくるのを忘れてしまったことがある。そんな子どもたちは、わたしのほかに男の子と女の子を合わせて三人ほどいたと思う。先生は豪快に笑いながら、わたしたちのパンツを芋の皮でも剝くようにするすると脱がしていった。そしてプールサイドの縁に立たせ、大きく弧を描くようにホースの水をかけた。暑い日差しの中で、他の子どもたちとともに裸でびしゃびしゃに濡れて叫びながら、わたしはなにか説明しがたい幸福を覚えていた。それは言ってしまえば、わたしはわたしであればそれだけでよく、それ以上なんの理由もいらないのだというような、全能感に近い感覚だったと思う。お互いの無防備な肌をさらしながら、わたしたちは日光でぬるくなった水たまりを足の裏で何度も踏みしだいた。

もしかしたらわたしはあのプールサイドの縁に裸で立ち続けたまま、ずっと今までなんとなく生きてきてしまったのかもしれない。今住んでいる家では仲のいい友達が泊まりに来ると、同居人が写真家ということもあって、気が向いたらみんなでヌードの記念写真を撮ることがある。それは普通のリビングに裸の大人たちが並んでいるイメージ自体が奇妙で面白いからというのもあるが、だんだん撮影待ちの途中で、裸でいることよりむしろ服を着ていることの意味がよくわからなくなっていく感覚に、妙な安らぎを覚えるからだと思う。

だれかとセックスするとき、服を脱いだり脱がされたりといった行為がどこか滑稽で、いたたまれない気持ちになることがあった。スカートのファスナー、ネクタイの結び目、ブラジャーのホック、むしろ肌を覆う衣服の方に、羞恥のインストラクションは無言で埋め込まれている。それはわたしがもともと持っていた感情ではなかった。別に知りたくもなかった。それを知りながら、うまくベッドの上で利用するのがきっと賢い大人なのだろうと思った。

白いピンポン球が薄暗いホールの中をこんこん跳ね回る音が、あちらこちらから響いている。五十人以上の観客が床に敷かれたクッションに座り、中央の小林さんの姿を見つめていた。一定のリズムでピンポン球を発射し続ける卓球マシンの先には、先端に金色の球がついた、日の丸と思われる大きな旗が立てられている。ふと、その白い布の上に描かれているのは、赤い丸ではなく、卓球ラケットのイラストであることにある瞬間気づく。黒いYシャツを着た小林さんはその旗の端っこを持ち、そこに描かれたラケットの赤いラバー部分が当たるように、マシンの球を淡々と打ち返している。

球が布の表面を叩くたび、ぼっ、というにぶい音がする。床の上に座るわたしたちのまわりは、跳ね返ってくる無数のピンポン球であふれていた。小林さんは器用に旗を操り、様々な方向に球を打ち返してみせた。卓球マシンは過酷なパフォーマンスの途中で、まるで急に人間の心を手に入れたみたいに、ぎゅいぎゅいと異音を立て始めた。最後の球が吐き出されると、小林さんはゆっくりとマシンに近づき、スイッチを止めた。

静寂の中で、転がるピンポン球と木の床がこすれあう音と、小林さんの深い息づかいが微かに聴こえる。ひとつのシークエンスが終わったのがわかる。

小林さんは、ゆっくりとなにかを確かめるように、上からシャツのボタンを外していく。白い肌に包まれた、硬そうな胸筋があらわれる。指がズボンのファスナーに伸びていく。膝がしなやかに曲がり、筒状の布から、むき出しの二本の脚があらわれる。事実だけ書いていけばそうなる。わたしの中の倫理とおぼしきものが、それをそう見るようにつとめている。

全裸になった小林さんは椅子に座り、そばにあった何か肌色のものを持ち上げた。それはつま先から膝上くらいまである、シリコンでできた人形の脚だった。小林さんはそれを自分の膝と同じかたちに折り曲げ、ぴったりと自分の脚に密着させた。そして、肌色のテープで、その二本の脚をぐるぐると巻きはじめた。

温かい脚と、温かくない脚。温かくない方の脚は、小林さんのものより少し細身で、女性のもののようにも見えた。わたしはその脚と自分の脚を交互に見た。そして自分のひんやりとしたふくらはぎの肉を、少しだけ指でつまんでみた。

わたしはたぶん、本当はそこで自分も裸になりたかったのだ。両脚のテーピングを終え、四本脚の人間として立ち上がった小林さんの姿を見上げながら、わたしはずっとふくらはぎをつまみ続けていた。

底意地の悪い

力強く握りしめた鉛筆の頭が小刻みに揺れる。机の上には、細かな英字が隙間なくびっしりと印刷された紙の束が積まれている。幼いわたしは、猫背になって紙の裏に何かを描いている。おそらく当時読んでいた漫画のキャラクターの誰かなのだろう。しかしその絵は、お椀のような形に丸められた小さな左手の影のなかにすっぽり包まれている。

自分の幼少期について振り返るとき、いつもこの情景を思い出す。わたしの父は和英辞典の編集者として出版社で働いていた。父の部屋には常に没になったと思われる原稿のゲラが大量にあった。いつもわたしはそのゲラの束を丸ごともらって真っ白な裏面に絵を描いていた。描き損じたと思ったらくしゃくしゃに丸めて、次の紙にどんどん描いた。どれだけ絵を描いても怒られることはなかったし、蛇口から出てくる水のように無尽蔵に紙はあったから、それが消耗品であるという意識も全くなかったと思う。保育園の子どもたちの輪にうまく馴染めず、絵を描くことしか世界との接点を見つけられなかった子どもにとって、それは控えめに言っても楽園のような環境だった。

それでも、わたしは絵を隠しながら描く癖を直すことができなかった。祖母はそれを見て呆れながら「目悪くなるわよ」とよくたしなめた。わたしの左手は、自分が描いたものを他の誰かに見られることを頑なに拒み続けていた。それが暴かれるのは何よりも恐ろしいことだった。同時にわたしの右手は、小さな薄暗がりの中で取り憑かれたように描くことをやめなかった。誰にも見られたくない、という思いと、それでも何かを表現したい、という思いの間で引き裂かれる身体が確かにそこにはあったのだ。

あれからだいぶ時間が経ち、大人になったわたしは絵を描くことをあっさりやめてしまった。でも表現すること自体はなんとか続け、ときどき自分の映像作品を展示したり上映したりしている。基本的に何かを作ったら、他人に見て欲しいと思うし、それを見てどう思ったかを聞いてみたいと思う。いつも展示のたびに作品を見てくれる人がいる、というのはもちろん自分の努力もあるとは思うけれど、多くはたまたま偶然の重なりに恵まれた結果であって、そこには完膚なきまでに無視される可能性だって当然あった。その手の出口のない孤独に一人で耐えられるほど、自分が強いとも思っていない。

一体いつからわたしはそういう人間になったのだろう、と思う。幼少期に感じていた抗いがたい羞恥心、「誰にも見られてはならぬ」というあの後ろめたさを、別にことさら高貴な感情だったとか、そんなふうに懐かしんだりしたいわけではない。ただそれはふとしたタイミングで、特に自分の展覧会の会期中にかぎって頭をもたげてきたりするのだった。

展示会場に飛び込んでいって、すべてのプロジェクターの電源を落とし、今すぐここから出て行って！　と叫びたくなるような気持ち。もちろんそんな感情は長くは持続しない。基本的にわたしは、いつも落ち着かないので自分の展示会場にあまり在廊したくない人間だ。オープニングレセプションの際にそういう感情に襲われたら、トイレの便座に座って時間を潰すか、そそくさと二次会会場に先に移動して酒を飲んでいる。でもそこで偶然出会った誰かに、今回のすごく面白かったですよ、なんて感想を伝えられたら、急に嬉しくなってベラベラ制作意図なんかを喋ったりもする。現金なものである。

自分の作品が誰かにまなざされている感覚は、どこか自分の身体の一部が人質に取られているような感覚にも似ている。自分で見られることを欲望していながら、同時に、罰されている、とも思う。

別にそんなことを毎回考えながら作品を作っているわけではないが、爆弾魔の気持ちについてたまに想像したりする。あの制作中にハイになって、自分が見たい風景のためならもうどうなってもいい、と理性が瞬間的にリセットされてしまう感覚は、薄暗いアパートの一室で時限爆弾を組み立てている人と実はそんなに変わらないのかもしれないと思う。一週間後、あるいは一年後くらいに起こるかもしれない爆発を、ただただ静かに待ち望むということ。たまたまそこに居合わせただけの人の身体が、粉々の肉片に分解されて、一瞬のうちにまったく別の身体として再構成されてしまうような、そういう種類の爆弾。死んだことにすら本人が気づけないような。

そんなことに見ず知らずの人をつきあわせてしまって申し訳ない、という後ろめたさと、でもどこかで世界に対してざまあみろ、と呟いてやりたい感情もあったりして（このあたりが爆弾魔っぽいのかもしれない）それはおそらく、あの日机の上で小さな衝立を作っていたわたしの左手にねじれた回路で繋がっているのだろう。

話は変わるが、わたしは他人から作品の批判をされた時にわりと落ち込んでしまう学生だった。この落ち込みというのは表現の現場において、作品を客体化できていない幼さ、弱さとみなされることが多い。頭ではその必然性を理解していても、「作者から切り離された作品の自律性」という考え方を、結局わたしの身体はうまくインストールすることができなかったのかもしれない。

最近はさすがにその状況をうまく乗りこなせるようになってきたが、それでも感情的な批判をされると心のどこかでいったんは落ち込んでしまう。とはいえ、そこにはわりとすんなりと納得できる批判と、受け入れるのに負荷がかかる批判があるのがわかってきた。

すんなり納得できる批判は、言葉がちゃんとその人の身体を経由している。「吐き気がした」などの生理的反応も含む、個別の具体性をもって語られる言葉だ。その作品の前に偶然居合わせてしまった者として、これが不快だった、許せなかったと口にするとき、その人自身の身体もまた、積み重ねてきた様々な歴史の集積をわたしの前にさらけ出してくれているような気がする。

あなたは今まで、何に注意を傾け生きてきたのか。何に怒りながら生きてきたのか。靴の中に偶然入ってしまった小石に苛立っているうちに、いつしかそれがあなたの歩く姿勢そのものをすっかり変えてしまったこともあっただろう。怒っている人に、わたしはいつもどこか見とれてしまうところがある。それを不真面目だと言われたら仕方ないのだけれど。

作品というのは、わたしとあなたの間の、この均衡がぐらつき続ける状況そのもののことなのだろう。逡巡しながら何かを語る人は信頼できる。目の前にあるその身体をすっかり書き換えてやりたい、という爆弾魔に似たサディスティックな欲望と、全てを見抜かれているかもしれないという恐ろしさにあえて身を投じようというマゾヒスティックな欲望は、実は表裏一体なのだと思う。

一方で、受け入れるのが苦手な批判もある。それは毎回共通して、どこか先回りして他者の身体を代弁するような文体を持っている。そこで勝手に自分のことを語られる（騙られる）他者は、言葉をあらかじめ奪われている。ある種の展覧会評では、しばしばそこに名もなき群衆としての「鑑賞者」という言葉が当てはめられる。わたしもその場にいてその作品を見たが、あなたに代表を頼んだつもりはないぞ、という気持ちが一瞬頭をもたげては過ぎ去っていく。

少し前、とある展覧会に出品していた自分の映像作品に、何者なのか身分を明かさない人物からのクレームが来た。わたしのもとに届いたメールの文末には、ありふれた苗字のみが投げやりに記載されていた。要はその作品を観て非常に不快な気持ちになったため、即刻上映停止を求めるということだった。ここでは作品の詳細な説明は省くが、この映像作品は最初から、そのように鑑賞者が不快な感情を抱くこと自体が、ある暴力的な構造に加担しているかもしれないという内省を促すような構造を内包している。なので、その人が神経を逆撫でされたように感じたこと自体はある意味当然のことだろうと思ったし、わたしはどういうつもりでそれを作ったのかという説明を添えて返信したいと思った。さらにメールを読み進めていったとき、ある一文でわたしは、急に自分の中で何かがさあっと引いていくのがわかった。

「ほかの皆さんも、暗い面持ちでしたよ」

この効果は一体何なのだろう、と思う。おそらくそれは、ただこちらを沈黙させるためだけに発せられる言葉なのだ。皆さん、と呼ばれた顔のない観客にはおそらく「世間」という名前がついている。わたしがいかに浅はかなアーティストであるかという指摘に続き、「ご自身の制作スタンスに反省頂きたいです」という言葉でそのメールは締められていた。

この人の中で、もうとうに結論は出ているのだとわたしはその時になってようやく気づいた。この人は、最初からわたしという個人と対話する気などなかったのだ。ただ、わたしに謝罪をさせることだけが目的だったのだ。というか個人の不快感情から即座に上映停止を要求するなんて、自分が何を言ってるか分かってるのか。さっきまで真面目に取り合おうとしていた自分が急に馬鹿らしく思えてきて、一応担当キュレーターに電話をかけた。実はこういう匿名のメールが来ているんですが、とありのままの事情を伝える。どうやら展示の主催元の団体にも、同じメールアドレスから微妙に言い回しを変えたほぼ同じ内容のクレームのメールが届いていたようだった。差出人の名前はわたしのもとに届いていた苗字と異なっていたという。さもありなん、と思った。

自分の体がぐったりと重くなるのを感じ、早々に布団に入る。足先が氷のように冷えていて、ぎゅっと膝を抱きかかえる。最近はアートとサービスを混同している人が多い気がしますね、とさっき電話で伝えられた言葉が、耳の奥でゆらゆらと漂っている。そしてだんだん、さっき一気に体内を炎のように駆け巡った怒りが本当に正しいものだったのか、よくわからなくなってくる。あれは一種の快楽を伴った、アドレナリンに近い何かだった。どうにかしてこいつを批判しなければならない、という使命感に似た熱狂に、わたしもまた取り憑かれていたのではないのか。

ふと、この作品をかつて八年ほど前に大学院の修了制作で展示したときに、ひとりの信頼する友人からメールをもらったのを思い出した。それは普段冷静な彼には珍しい、怒りと賛辞と混乱が入り混じったような、複雑な長文だった。

「批判してやりたい、という欲求があって、それでじゃあと言って正当に批判しうるような考えが君の作品に対してできるか、といろいろ考えていたところ、批判的な意見がどうしても明確な焦点を結ばず、もやもやしていた。問題は作品の善し悪しなのだろうか、それとも倫理なのだろうか。おれにはそれがよくわからなかった。このもやもやしている感じはなんだろう、とおもって自分なりに色々整理して考えていると、自分の考えのほうが割と浅はかであることに気づいた。おれが最初におもったよりも、君の作品はもっと強度があるし、なによりももっと底意地が悪かった。というかそれは考えてみると悪意と呼べるほどに意地が悪いだろう」

布団の中で、彼のメールを数年ぶりに読み返す。このメールをもらった時点で、これは絶対に無くしてはならないと思い、わざわざEvernoteに貼り付けたのだ。白いスマートフォンの画面の光がちくちくと目に痛む。

批判してやりたい、という欲求。そこにはおそらく個の実存に関わる何かが横たわっているのだろうと思う。それを言わなければ、自分がまるでこの世界に居なかったことにされるということ。何も起こっていないかのように穏やかな水面を保っている湖に、思わず小石を投げ込んでやりたくなること。

窓ガラスがかたかたと微かに震える音がする。隙間風がどこかから入っているのか、寒気がさっきより増してきている気がした。おそらく風邪のひき始めなのだろう。つま先のあたりで丸まっていた毛布を引っ張り上げ、眠りに落ちるのを待った。

ドクメンタの夜

麻衣ちゃんが隣の座席で寝息を立てている。ベルリンからカッセルに向かう長距離列車は思ったより混んでいなくて、車窓からはどこまでも続く薄茶色の平原が見えていた。

先にドイツに来ていた友人たちには散々「無事に辿り着けたら奇跡だと思った方がいいよ」と脅かされていた。深刻な人員不足なのかシステムトラブルなのかよくわからないけれど、とにかく現在ドイツ全土の鉄道が深刻なダイヤの乱れに見舞われているらしく、周りはそのせいで丸一日を無駄にしたと嘆いている人たちばかりだった。わたしたちの電車はどうやらその数少ない奇跡に恵まれたのか、無事に定刻通りに出発することができた。

麻衣ちゃんと最初に落ち合ったのは、スペインのアリカンテという港町の空港だった。「遠藤麻衣×百瀬文」の名義で参加している展覧会がそこで開催されており、せっかくだったら一緒に見にいこうよということになったのだ。

一日目は現地のキュレーターとビールを飲みながら鱈の塩漬けを食べ、二日目はホテルの近くのビーチで二人ではしゃいだ。海岸に足を踏み入れると、目の細かい砂に足の指がめり込んでいくのがこそばゆい。ビーチの反対側にはざっくりとナイフで切ったバターのような形の硫黄色の岩壁があって、かすかに遠近感がねじれるような感覚を覚える。目の前を、垂れた乳房をぶら下げた白人のおばあちゃんが堂々と横切っていく。

「なんかこの旅、もうこれでいい気がしちゃった」

と、わたしは思わず海を眺めながら麻衣ちゃんに漏らした気がする。このあとわたしたちは飛行機でドイツに移動し、まずベルリン・ビエンナーレを見て、その後カッセルでドクメンタを見ることになっていた。一切美術に触れることがない余暇というものを、わたしはここ数年でどれくらい経験しただろう。いつしか美術展を見に行くことが旅の目的となるのが無意識のうちにルーティーン化し、余暇は気づくとどこか仕事の一環のような時間になっている。あるいは美術を仕事と捉えてしまうこと自体、そもそも不純なことなのかもしれない。

「わかるわあ」とビキニ姿の麻衣ちゃんが隣で白い歯を見せて笑った。


五年に一度カッセルで開催されるドクメンタは、ファシズム政権下で多くの芸術作品が弾圧された歴史を受け止め、戦後ドイツの芸術の復興を掲げて誕生した現代美術の国際展である。近年は、グローバリゼーションや白人中心主義への反省を促す視点を持った芸術監督が任命されるなど、より同時代性の強い展覧会として認知されている。

今回のドクメンタではある大規模な騒動が起きていた。芸術監督はインドネシアを拠点とするアートコレクティブ、ルアンルパである。彼らがグローバルサウス出身であることや、そもそも個人ではなくコレクティブとしての参加であることなど、開幕前から今回のドクメンタは注目を浴びていた。

しかし開幕早々、パレスチナ系コレクティブの参加をめぐって展覧会に反ユダヤ主義の疑いがかけられるという不穏な空気が漂い始め、そんな中で、ある作品がドイツの政治家たちから猛烈な批判を浴びることになる。それはタリン・パディというインドネシアのコレクティブが出展していた《人民の正義（People's Justice）》（2002）という巨大な作品だった。もともと彼らはスハルト政権の独裁に対する抗議として、段ボールに描かれた色とりどりのペインティングをプラカードのように用いながらアジテーション表現をしてきたコレクティブだった。

問題となったのは、その巨大な作品の中に小さく描かれていたのが、ナチスの親衛隊を表すSSの文字が入った黒い帽子をかぶり、かつ典型的な長いもみあげのユダヤ人的特徴を持ったキャラクターや、ヘルメットにイスラエルの国家情報機関「モサド」の文字が描かれている兵士のキャラクターだったからだ。当時スハルトは、自らの体制をヒトラーと同じように「新秩序」と呼んだ。独裁政権下にあったインドネシアで、国家が振るう圧倒的な暴力に対する批判の意図を込めて二十年前に作られたこの作品は、修復を終えてドクメンタに展示されるや否や苛烈な糾弾を浴びた。そしてこの作品はタリン・パディや芸術監督たちの謝罪とともに、会期中に撤去されることが決まったのだった。

そのニュースを知ったとき、わたしはまずインドネシアの民衆闘争に対する自分の無知を思い知ると同時に、きわめて素朴な疑問を持った。このドイツという国で、イスラエルという国家への批判はどのようになされているのだろうか。わたしの頭をよぎったのは、かつて何度も映像で観た、パレスチナのガザ地区の空を花火のように飛び交う無数の閃光や、血まみれの赤子を抱いて泣き叫ぶ父親の姿だった。

タリン・パディがどうしてイスラエルのモサドを描いたのか、わたしはよくわかっていなかった。あとから担当編集者さんに、モサドが長年にわたってスハルト政権を支援していたという海外の記事を教えてもらった。たしかに長いもみあげなどの特定の民族表象をそのようにひとつの国家と結びつけて扱ってしまった不用意さは、たとえこれが二十年前の作品であることや、彼らの文化圏とヨーロッパのそれとの距離を想像したとしても、現在の価値観で批判されて仕方のないことだとは思う。ドイツは長い時間をかけて自分たちの過去の行いに対する謝罪を続け、日本という国とはあまりに対照的に、戦後の戦犯国のあり方を全世界に示した。

だが、わたしたちが人間である限り「たとえ自分がかつて想像を絶する暴力を振るわれた過去があったとして、それでも自分が他の誰かに暴力を振るうことは起こり得る」というのは、個人の問題として考えれば十分に理解できることなのに、それが国家レベルの話になった途端に一切なかったことにされるというのはどういう理屈なのか。

ナチスの親衛隊とイスラエルという国家のキメラとして描かれた架空のキャラク

ターから、「わたしたちは時としてそのような倫理的な矛盾をきたし、とり返しのつかない過ちを犯すことがある」ということを読み取ろうとするのは、そんなに人として間違っていることなのだろうか。二十年前のインドネシアで描かれたこの作品を、現在のヨーロッパの倫理観で断罪し、展覧会から撤去してしまうことは、結果として人が愚かな過ちを繰り返してきた歴史を学ぶ機会自体を奪ってしまうことにはならないのだろうか。当時のインドネシアの政治背景や、この表象の問題点などの指摘を脚注としてパネルで掲示したうえで、展示自体はどうにか続ける道を選ぶべきだったのではないだろうか。

考え続けても、わたしには何が正しいのかわからなかった。お前にそれを言う資格はないと言われたら、なにも言い返せないような気もした。民族の記憶に深く刻み込まれたトラウマ。もしこの癒されることのない痛みの記憶が、得体の知れない薄暗い回路を通って、めぐりめぐって他の誰かに血を流させ続けるのだとしたら、それは人類が絶対に封印しなければならない、吐き気をもよおす本当の暴力だろう。

そんなことが事前に何度も自分のニュースフィードに出てくるものだから、今年のドクメンタに行くのには少なからず緊張感があったのだった。スペインの熱い砂浜とぎらついた日差しを懐かしく思いながら、わたしは凡庸な田園風景が横にぬるぬると流れていくのを車窓からぼんやり眺めていた。

「ちょっとここで寝てこうよ。気持ち良さそうだよ」

麻衣ちゃんとわたしどちらが先に言い出したか覚えていないが、わたしたちは靴を脱いで赤いペルシャ絨毯の敷かれたラフなテントの中に入り、少し昼寝していくことにした。会場のそこかしこにはこんな感じでいくつもの休憩所が用意されていて、人々は裸足で全身を投げ出して寝っ転がっている。それはあまりヨーロッパの展示で見たことがない新鮮な光景だった。

テントの中で寝そべり、その辺にあった革製のクッションのうえに頭を載せてみる。どこか湿度のあるお香のような匂いが一瞬漂った気がした。クッションはどこかが破れていて、中身とおぼしき黒い植物の種のようなものが辺りにぱらぱらと散らばっていた。

別に全部の作品を見れなくたっていいんだよな、人生だってこの世の全てを知れるわけじゃないんだから。わたしはまどろみながら、そんな不思議な達観に近い気持ちを覚えていた。まぶたの隙間から、吊るされたタペストリーのようなものと観葉植物、茶色い擦り切れた絨毯、それと黒人男性が映ったモニターが見える。男性は、自分の顔のお面を作るワークショップのようなものをやっているらしかった。友達の実家のリビングを遠くからぼんやり眺めているような気分だった。それをインスタレーションと呼ぶのは、あくまでこちら側の都合なのだ。

あちこちの会場に入ってみると、あれだけ覚悟していたピリピリした雰囲気は全く漂っておらず、ゆるやかな集落が市場のように有機的に繋がっていくような動線になっていることに気づく。今回参加しているアーティストはほとんどが個人ではなくコレクティブであるのが特徴ということもあり、紹介されているものは必ずしも美術作品というわけではなく、ワークショップの成果物であったり、かつて行われた政治運動の記録映像であったり、あるいはまさにこの会場で何かが生まれゆく過程だったりした。

展示されている個々の事物はそれぞれの文化や生活を反映した質感を持っていて、その荒削りな迫力に圧倒されてしまう。会場の前の地面から大量に生えていたタリン・パディの等身大の人型の段ボール作品は、表面があちこち折れ曲がった皺でベコベコしていて、まるで日焼けした人間の皮膚のようだった。それにエキゾチックな興奮を感じそうになるたび、自分がすでに西洋的なまなざしを内面化してしまっていることにも気づかされた。ほとんどの作品は、彼らの日常の中にある日用品を素材として作られたものだ。おそらく彼らにとっては、生きることと作ることのあいだにそんなに明快な区別はないのだろうと思った。

一番すごいなと思ったのは『ゲットー・ビエンナーレ』という強烈な名前の、ハイチを拠点としたプロジェクトだった。彼らはハイチの民間信仰であるブードゥー教をモチーフとした立体作品を、なんと現在修復中のカトリック教会の中に展示したのである。本物の人間の頭蓋骨と、現地で調達したと思われるタイヤや錆びた鉄骨、CD-ROMなどのチープな素材が組み合わされた、禍々しくもどこかユーモラスな呪物。それが剝げかけたキリストの壁画の前で、至るところに展示されているのだった。ブードゥー教は邪教としてカトリック教会から激しい弾圧を受けたことから、表面的に聖母マリアなどの文脈を組み入れることで白人の目を逃れてきたという特殊な背景を持つ。頭蓋骨と鉄骨で作られたマリア像は、まさにそのブードゥー教の「擬態」の歴史をなぞるものでもある。コロニアリズムに対する痛烈な批判であるこの展示を、よくここでやらせてくれたなという教会の寛容さについても想像した（もちろん裏側では大変な交渉があったのかもしれないが）。あっけらかんとそこに立ち続ける呪物たちは、この世界を「複雑」と呼ぶこと自体の欺瞞に静かに抵抗しているようにも見えた。

カッセルに着いて二日目の夜、美術館の裏で飲んでるよ、という知人の誘いを受けたので麻衣ちゃんと行ってみることにする。そこはアーティストたちによって運営されているドネーション形式の野外キッチンになっていて、薄明かりの下には三十人ほどの人影が見えた。

キッチンの周りにはアーティストが電源ケーブルをどこかから引いてきて作ったお手製のカラオケシステムがあって、ＤＪに曲名をリクエストすると歌詞がモニターに表示される仕組みになっていた。左右のスピーカーからはわりとしっかりした重低音が出る。誰でも歌えるヒットソングを入れる流れがやんわりとできていて、そこは世界中どこも変わらないのだなと思った。誰かがリクエストした『We Are the World』の文字が表示され、会場がワッと沸き立つ。ドイツ人たちとインドネシア人たちが肩を組んで次々にマイクを回し合い、この歌詞を声に出しているのを見て、今回のドクメンタにまつわる様々な騒動のことが頭をよぎりちょっと泣きそうになってしまう。

「インドネシアで異様に大ヒットした日本の歌があって、毎日みんなそれ歌ってるんだよ。でもこっちにいる日本人、誰もその歌知らないの」と、さっき知り合ったばかりの日本人のインストーラーのお兄さんが笑いながら教えてくれる。どうやらそれは少し昔の女性歌手の歌らしかった。聞き覚えのないその曲のイントロが流れた瞬間、お兄さんは「ほら、これ！」と叫んだ。

tada kokoro no tomo to watashi o yonde

モニター上に表示された呪文のようなローマ字の羅列が、インドネシア人たちの歌声によってわたしにわかる言葉になっていく。彼らが意味も知らずに歌っているであろうその日本語の音があまりになめらかで、思わずちょっと驚いてしまう。「を」が「o」と表記されるのは、その方が彼らにとって発音しやすいからなのだろう。

自分たちという存在が、地球の裏側ではおそらく全然違うかたちのものとして認識されているであろうということ。ふと、昔実家にあった地球の形をした青いバランスボールのことを思い出した。そこに描かれていた日本列島は、四国はおろか九州すら存在しない、あまりにみじめな形をしていた。このバランスボールが作られたどこかの国における地球のかたちは、自分たちが思い描いている地球のかたちと決して同じではないのだ。それは子供心にすこし怖くもあったが、同時になにか救いでもあるような気がした。

遠く離れた場所に生きるわたしたちは、必ずなにかを誤読しながら生きている。ドイツで、インドネシア人たちが熱唱する日本語の歌を聴きながら、わたしはそんなことを考えていた。ここにたどり着くまで、わたしはそれを言葉にすることを怖れていたのだと思う。それを口にすることへのためらいが、この土地には否が応でも染み付いている。

わたしはここでマイクを誰かから受け取って、絶望的なわかりあえなさから始まる地平があったっていいじゃないか、と酔った勢いでぽろっと言ってしまいたかった。でもそんな勇気はさすがになかった。カラオケパーティーはわたしたちがホテルへの帰路につくまでずっと続いていた。小さな明かりが、人々の歌声とともにいつまでも滲んで揺らめいていた。

晋吾のスカート

晋吾が人生で初めて自分のスカートを買ったとき、わたしはその場に立ち会わなかった。その日はアーティスト仲間の関川航平くんと寺本愛さんが、ぜひ一緒に買いに行きましょう、と言ってわざわざ表参道まで来てくれたのだった。普段からおしゃれな二人が見立ててくれるんだから間違いないだろうと、わたしは彼らについて行かずに晋吾の背中を玄関で見送った。

家の中でも、お腹が冷えるからとトレーナーの裾をトランクスの中に必ず入れ込む四十一歳の男。人が自分の意思でなにかを試してみること、変わろうとすることそれ自体を心から祝福したいと思うと同時に、わたしの中には、自分が知っているあの晋吾にはもう二度と会えなくなるのかもしれないと、どこかそういう困惑に似た寂しさもあったのだと思う。関川くんと寺本さんはきっと今日、ファッションコーディネーターとして最高の仕事をするだろう。実際、彼らは晋吾にとって大切な瞬間になるであろうその買い物に同行できることを心から喜んでいるようだった。

その日の晩、満面の笑みで帰ってきた晋吾は、ショッピングバッグから黒いスカートを大事そうに取り出してさっそくその中に脚を通し始めた。それは両サイドに上品なラウンド型のスリットが入った、膝下丈のスカートだった。表面にはさらりとした光沢があり、腰のベルトの部分には小ぶりな金ボタンがついている。ふくらはぎをスリットからのぞかせながら自分の後ろ姿をチェックしている晋吾は本当に嬉しそうだった。大の大人が鏡の前ではしゃいでいるのを見てわたしもなんだか微笑ましい気持ちになり、いいのが見つかって良かったじゃん、と笑った。値段を聞くと五万円だというので一瞬えっ、と怯んでしまったが、人生で初めて買うスカートにそれだけのお金を払いたくなる気持ちもなんとなくわかるような気がした。

わたしは素直に、そのスカートはとても晋吾に似合っている、と思った。正直なところ、わたしはその姿が気持ち悪く見えないことに少しほっとしていた。それはぱりっとした生地で余計な装飾などはなく、すとんと下に落ちたシルエットをしていて、晋吾の痩せて骨ばった身体に自然にフィットしているように思えた。

おそらくそれは、他の細身の男性が穿いたとしてもおおむね違和感なく着こなせるであろう種類のスカートだったと思う。でも、そのことに自分が安堵を覚えている、というのが一体どういうことなのか、それを考えだすと少し不気味でもあった。なにかそこには傲慢さにも似た、嫌な感じの気配があった。もしそれが仮にギャザーのたっぷり入った花柄のフレアスカートだったとして、だったらなんだというのか。晋吾がどんな服を着ようと、それはわたしの人生には全く関係ないはずだった。

しばらくの間、晋吾はちょっと都心に出かけたりするときに毎回そのスカートを穿いていくようになった。五万の服なんだから大事に着ないと布がすり減るよ、みたいな小言をわたしは隣で言ったような気もする。

晋吾いわく、電車の中で普通の格好をしている男性たちに混じってスカート姿でいるとちょっと優越感を感じるらしい。スリットからのぞく脚をチラチラと見られたりもするようだ。

「でも、そのスカートはユニセックスなんですか、って聞かれるとなんか違うっていうか、そういう風に納得されたくないような気持ちになるのよ」

そう言われて、思わずはっとする。ファッションとして、おしゃれの延長として、男性がスカートを穿いているのは街中で何度も見たことがある。わたしが先日感じたあのよくわからない安堵も、もしかしたらそのユニセックスという概念と関係があるのかもしれない。

それを男性が着ても違和感がないということと、その男性本人が何を着たいのかということは本質的には関係がない。これは男性が穿いてもいいものですよ、という通行手形は、そこを通る誰のためのものなのか。そこにあきらかな違和感があったとして、いったいそれの何がいけないというのか。それを違和感だと捉え、耐えられないのは、意識の奥底に深く刷り込まれたお前自身の問題ではないのか。

わたしはそこで何か、ユニセックスという概念を否定したりしたいわけではなかった。ただ、自分にだってこの世界に本当は見たくないものがあるのではないか、ということに正面から向きあうのが怖かったのだ。

その後わたしはたまたま、振付家、ダンサー、研究者として活躍するトラジャル・ハレルのパフォーマンスを生で観る機会に恵まれた。わたしが作家として参加していた「国際芸術祭あいち２０２２」のオープニングのあとに開催されるプログラムの招待枠をいただいたので、どうせならと一緒に住んでいる玲児くんと晋吾を誘ってみたのだった。

　ハレルのその日のパフォーマンスは「土方巽をヴォーギングする」という内容らしく、日本で生まれた舞踏と、ポストモダンダンスやヴォーギングの歴史を解釈して再構成するような試みとのことだった。わたしにはダンスに関する知識もろくになく、そのようなハイコンテクストな作品を読み解ける自信はなかったけれども、目の前にむき出しの身体があれば、きっと何かすごいものを見ることにはなるだろうという予感はしていた。

　ハレルが登場すると、彼はまるで自分の部屋にいるかのように、小さなスピーカーにiPhoneをつないで音楽を流し始めた。どこかで最近聞いたような英語のポップスだった。床に直接敷かれたぺらぺらのゴザの上に座り、ハレルはそっと目をつぶった。そして両手を上げ、音楽に合わせてかすかに指先を震わせた。ハレルは鮮やかな赤い総レースのスカートを穿いていた。太い腕がゆっくりと空中を撫でる。薄いレースの下からがっしりとした太い褐色の太ももが透けて見えていて、アンダーウェアのようなものを穿いているとわかっていてもちょっとどきっとしてしまう。

　生涯起き上がることのできない衰弱した身体、死を前にして一度だけでも立ち上がろうとする病人の身体を、土方巽は代表作『疱瘡譚』の中で踊ってみせた。いっぽうヴォーギングは、六〇年代にニューヨークの有色人種とラテン系のLGBTコミュニティから生まれたダンスの様式を指す。奇妙なもの、おぞましきもの、というまなざしを引き受け続けてきた無数の身体が、時空を超えてハレルの身体に重なる。隣で晋吾は何を思いながらこのパフォーマンスを見ているのだろうと、そのことがときどき頭をよぎる。

何週間かあとで晋吾は、黒い総レースのロングスカートをどこかの古着屋で買ってきた。ハレルが身につけていたものと同じように、下の脚が完全に透けて見えるものだった。大振りの花のモチーフが連続的にあしらわれた黒レースのスカートは、あからさまに妖艶なニュアンスを持っていて、最初に買ったぱりっとした生地のスカートとはまったく違う印象を与えた。

晋吾は鏡の前でレースという未知の素材をまとった自分の姿に興奮しつつ、同時に確信の持てなさというか、その素材と自分の身体との距離感を測りかねているようにも見えた。晋吾は蒸れるのが嫌だというので基本的に下着はトランクスしか穿かない。レースの下で大きなストライプのトランクスがだぶついているのがわかる。

「普通こういうのは透けないように下にペチコートとかレギンスとか穿くんだよ」

そう晋吾に言い放ったわたしの声には、明らかに苛立ったような尖った響きがあった。自分の口から出たその音の質感に自分でびっくりした。それはなにか、あまりそのことについて詳しくない人が、自分の領域に土足で踏み入ってきたと感じるときのような子どもじみた癇癪にも似ていたが、別にわたしにはもともとスカートに対する思い入れなんてこれっぽっちもないはずだった。

晋吾は特に何かを気にするでもなく、そうなのね、じゃあそれもそのうち買いに行かないと、とあっさり言った。晋吾が普通に返事をしてくれたことにほっとすると同時に、自分のよくわからない心の動きに少し動揺した。

晋吾と出会って間もない頃、晋吾はよく電車の中でコンビニの菓子パンを食べていた。細かなパン屑が車両の床にぱらぱらと落ちるのが嫌で、やめてほしいと言ったことが何度かある。それは正直なところ、晋吾にちゃんとした振る舞いをしてほしいという正義感からくる欲求ですらなくて、隣にいる自分もこの人と同じような人間だとみなされて周囲から変な目で見られるのではないか、という不安からくる保身でしかなかった。

わたしは昔、公共の場で他人にじろじろ見られたり注意されたりすることを異様に恐れる子どもだった。今思えばそれは、そういうことを過剰に気にしがちだった母親の影響だとわかるのだけれども、その反動もあってわざわざ「奇異」を公共に持ち込んでみせるような現代美術の世界に進んだにもかかわらず、そういう凡庸な規範意識がずっと自分の中に澱のように沈んでいるのにも気づいていた。それはわたしが普段思い浮かべる自由とはだいぶかけ離れたもので、そんな矛盾に引き裂かれているしょうもない自分を情けなく思ったりした。

　ある日の晩、夕飯をどうしようかと晋吾と話していたとき、じゃあこの格好で外歩きたいからちょっとそこまで食べに行こう、と言われた。そのとき晋吾は、微妙にシワのついた綿のグレーのTシャツの裾を黒レースのスカートにインしていた。その雑にインされた感じがスカートというよりまるで腰ミノのようで、なんだか小学校の先生が急遽こしらえた学芸会の衣装のように見えてしまった。

　正直わたしの感覚ではそれはおしゃれだとは思わない、とわたしは晋吾に面と向かって言った。もともとレースって難しい素材なんだよ。もしそのスカート穿くんだったら、トップスもたとえば同系色の透け感あるやつにするとか、Tシャツであってもちょっとラグジュアリーな生地じゃないとバランス取れない。そのコーディネートは全然かっこよくない。わたしは今の晋吾と一緒に外を歩きたくない。

　実際にそれをそのまま口に出したかはわからないが、そんなようなことを一方的に並べ立てた後で、わたしは晋吾の前で堰を切ったように泣き出した。わたしは、大切な人が好きなものを着て街を歩くことを、心から祝福してあげたかったはずだった。わたしは本当に、たまたまそのスカートの着こなしがダサいから晋吾と一緒に歩きたくないだけなのか。そんなのは実は建前にすぎなくて、本当は、そういう奇妙なもの、困惑をもたらすもの、気持ち悪いものと、自分が同類だと思われたくないだけではないのか。わたしにはそれがわからなかった。頭の中が、そういう得体の知れない感情で満ち溢れているかもしれないことが心底恐ろしかった。

わたしは涙でぐしゃぐしゃになった顔で、たった今自分の中でそういった混乱が起きたことを晋吾に打ち明けた。ただただ自分が恥ずかしくて消えてしまいたくなり、ごめんなさい、でもやっぱり今のわたしはその格好のあなたとは歩けないです、とわたしは床の上に跪いたまま呟いた。

「ちょっと寂しいけど、でもそういう気づきがあったことはとても重要なことやと思う」

と、晋吾はわたしを責めるでもなく優しく言った。

「だってそう感じてしまったんやから、そこから考え始めたらいいいんよ」

それから数週間が経ち、わたしは少しずつそのレースのスカートを自然に着こなす晋吾の姿に慣れていった。テロッとした素材のTシャツや、レザージャケットを合わせると、レースのスカートは意外と男性の体つきとなじみが良いことがわかった。自分が普段スカートをあまり穿かないからか、そこには何か新しい可能性すら感じた。なぜ自分があのときあそこまで泣くほど動揺したのかをいまだにうまく説明できない。良くも悪くも、わたしはいろんな出来事の細部をすぐに忘れてしまう。

ハレルのダンスの中で踊られる身体に、かつて向けられていた人々のまなざし。それはけしてわたしの外側にだけあるものではない。そして、奇妙なものを初めて目にしたときの困惑や不安は、生じてしまうときは生じうるというたぐいのものであって、それ自体が悪いというわけではおそらくない。ただ、その混乱の経験にひとりで向き合うことに耐えられず、それらしい正当な理由づけをして納得しようとするのは、たぶん傲慢とか不遜とか呼んでもいいことのような気がした。

ハンガーにかかった晋吾のスカートが、ブラインドから漏れる光に透けている。わたしがいまだに自分で着る勇気のない総レースのスカート。花模様の輪郭は、逆光の中でいつもよりくっきりと浮かび上がって見えた。

肉を嚙む

出産した女性の胎盤を、集まった友人たちで食べる祝宴があるのだという。その話を聞いたときは一瞬どういうことかわからずぎょっとしてしまったのだが、それを教えてくれた友人にあとから詳しい話を聞いてみたところ、それはどうやらダナ・ハラウェイの『犬と人が出会うとき』という本の中に出てくるエピソードの一つとのことだった。

カリフォルニア大学の採用面接に来ていたダナ・ハラウェイは、空港に彼女を迎えに来てくれた二人の大学院生と知り合う。この二人が参加したというある女性の出産祝いと、胎盤を食する会のことが本の中では伝聞の形で書かれている。そのパーティーはサンタクルーズの山あいで開催され、胎盤は夫によってタマネギと一緒に調理されたらしい。集まった友人たちはお祝いというよりは荘厳な面持ちで胎盤を小さく取り分け、その特別な時間を共に分かち合ったそうだ。

このエピソードを初めて聞いたとき、わたしがまず想像したのはその味や食感のことだった。わたしは普段からホルモンが好きで、コブクロ刺しもよく食べる。そういった生殖にかかわる部位を使った料理に、その想像は容易に接続される。つるりと柔らかく、コリコリとした確かな歯ごたえ。しかし次の瞬間、むわっとした血の臭いとともに、自分が膣の向こう側に毎月ずっしりと感じているはずの器官の存在に気づき、思わずその想像をいったんストップさせる。

わたしには出産の経験がないが、そのように自分が条件さえ揃えば胎盤がつくれはじめてしまうプログラムを持って生まれた体であることを、どう捉えたらいいのかたまによくわからなくなる。胎盤は母体が所有するものなのか、胎児が所有するものなのか。あるいはそれは誰のものでもない、媒体としての機能を果たすだけの、無からやってきたタンパク質の塊なのか。

ふたたびわたしは、自分自身の見たこともない柔らかな胎盤に、自分の歯がみちみちとめり込んでいく感触を想像する。喉の奥が酸っぱくなるような、かすかな吐き気が起こる。しかしそこには妙に後ろめたさを伴った官能的な感じもあって、自分で想像しておきながら若干混乱してしまう。

ダナ・ハラウェイのそのエピソードの中で一番興味深かったのは、胎盤を食する会の中にラディカル・フェミニストでもあるベジタリアンが同席していたことである。そのベジタリアンは、最終的に「死を介してでなく、生を介した食事をめざすベジタリアンであればこそ胎盤を食すべき」という結論を出したのだった。すごい話だと思った。ベジタリアンであるかどうか以前の問題として、人間の体を人間が食べて大丈夫なのかとか、いやでもそれは倫理的な問題なのか、同種を食べることによる感染症リスク的な問題なのかどっちなんだとか、そういうわたしの戸惑いを吹き飛ばすくらいその言葉のインパクトはすごかった。


わたしがおそらく人生で最初に会ったベジタリアンは、アーティストの大久保ありさんだったと思う。初めは一緒に住んでいる玲児くんの高校のときの先生、という風に紹介されて、なんだかんだでもう知り合って十年以上になる。

ありさんは出会った頃からベジタリアンだったわけではない。とにかく酒豪で飲む人という印象が強かったから、その頃は飲み会で会うと唐揚げとか焼き鳥とかを普通に食べていたと思う。

あるときから急に、ありさんは肉を食べないことを決めた。今よりも配慮というものを知らなかった当時のわたしは、完全な好奇心でその理由を直接聞いてみた。それはいつも飲み会で何かと議論を始めたがるありさんばかりを見ていたわたしからすると、少し意外な理由だった。

ある夜、彼女の夢の中に動物の姿をした何かが現れたのだという。確かなことは、ありさんが、あまり自覚もないまま周りの雰囲気に流され、ゲーム施設のような場所でその動物を的にして撃ったということだった。フェレットに似た可愛い見た目をしていた。彼女はその死骸を両手で抱き、泣きながら「もう二度とこんなことはしない。わたしはあなたたちを殺したりしない」と何度も誓った。その夢から覚めると、ありさんはベジタリアンになっていた。

夢のお告げというものが本当に存在するのかどうか、わたしにはわからない。これ以上の詳しいことはありさんも言わなかったし、わたしもそれ以上聞こうとはしなかった。彼女の目は、笑うでもなくまっすぐにどこかを見ていた。

先日久しぶりにありさんと根津の隠れ家的な居酒屋で飲む機会があり、改めてその話をしてみることにした。どういう聞き方をしたのかわからないけれど、注文の流れでだったと思う。ありさん卵は食べれるんだっけ、といったような。日本の居酒屋でベジタリアンの人が何かを注文するには結構なハードルがある。そこはとても良心的なお店で、ありさん一人のためにいろいろな山菜やきのこを使った美味しそうな料理を出してくれた。

「もしアラスカとかに行ってそこで暮らすことになったら、わたしは狩られた動物を食べると思う。自分の命と相手の命の抜き差しならない関係が、強く意識できるなら」

ありさんは静かにそう言った。

「問題は、それがフェアな状況かどうかなの」

二〇一七年の前半を、わたしはあるアーティスト・イン・レジデンスに参加するためにニューヨークで過ごした。どこの展示のオープニングパーティーに行っても、だいたいベジタリアン用のフードが用意されており、色とりどりの野菜スティックがグラスに挿さっていた。その配慮の徹底ぶりに感心するとともに、彼らの前で堂々と肉を食べることに対する居心地の悪さをどことなく感じてしまう自分もいた。

このサラミの載ったクラッカーをこの場ではどういう表情で食べるのが正解なのだろう。もちろんホストの彼らはあくまでいろいろな選択肢を用意してくれているだけであって、肉食をする個人に向けて何か批判的な感情を持っているわけではないこともわかっている。他者を殺して食べる、というのはよくよく考えてみればけっこう特殊な事態のはずで、それが人間ではない動物であれば、自明のこととしてなんとなく受け入れてしまっているということ。その「なんとなく」の部分から、わたしは目をそらしたかったのかもしれない。

ある日わたしはグランドセントラル駅近くのスーパーの肉コーナーで、最新技術によって大豆から作られたというソイミートを見つけた。わざわざ機械で細く絞り出されて紐状になったその薄ピンク色の塊は、完全に巷でよく見る挽肉以外の何物でもなかった。植物油が中に含まれているのか、表面はつやつやと光っていた。味や食感もかなり本物に近いのだろう。

わたしはそれがジューシーな挽肉の姿をしている、ということになんだか人間の業というか、切実ないじましさのようなものを感じて心を打たれてしまった。うまく言えないけれど、それは肉に魅かれてしまう欲望そのものを否定するのではなく、その矛盾や葛藤を受け入れた上で、どうにか別の方法で折り合いをつけようとする人間たちに対しての、奇妙な敬意にも似た感情だった。

白いトレーの上に載ったその肉色の塊を、わたしはしばらく見つめていた。もしかしたら今後、これが食肉産業における商品としての肉のイメージを再生産しているとして批判されることもあるかもしれない。それでもわたしは、このどこか滑稽にも思えるテクノロジーをひっそりと祝福したいと思ったのだった。

ニューヨークでの半年間のレジデンスを終えて八月の末に帰国したわたしは、一ヵ月くらいだらだら東京で過ごしたあと、韓国のソウルに向かった。ソウル市立美術館が主催していたアーティスト・イン・レジデンスのプログラムに受かり、三ヵ月間の滞在が決まったのだった。そこにはベルリンで活動していたアーティストの内海昭子さんも来ていた。わたしの隣の部屋がちょうど内海さんの部屋だった。レジデンス施設がけっこうソウルの郊外にあって心細かったのもあって、わたしたちは初対面だったがすぐにあやちゃん、アッコちゃんと呼び合う仲になった。

ニューヨークの反動なのか、韓国の食文化における「フェ」という概念にわたしは強く惹かれた。フェは基本的に、肉や魚などの新鮮な食材を細かく切ったもののことを指す。魚のフェは生きた魚をその場で捌いたものであり、肉のフェは要するにユッケなどの生肉料理のことだ。

あるときわたしはアッコちゃんとユッケが有名なお店に夕飯を食べに行った。韓国ではなぜかユッケの上に梨の千切りが載っている。最初はびっくりしたが、爽やかな梨の甘みがねっとりした生肉によく絡んで、舌の上で濃厚な旨味に置き換わるのだった。生ハムとメロンを一緒に食べるような感覚なのかもしれない。

わたしが肉の味をじっくりと噛みしめていると、アッコちゃんがレバ刺しを食べたいと言い出した。わたしはホルモンは大好きだけど、どうしても昔からレバーだけが食べられない。生だったら臭くないし絶対美味しいよ、とアッコちゃんが子どもを説き伏せるように言う。

運ばれてきた白いプラスチックの皿の上には、一口大に四角く切られた赤黒い塊が雑然と盛られていた。それは食べ物というより、使い道のよくわからない何かの原料のような雰囲気があった。ぬらぬらと光っていて、皿の底にはうっすらと薄い血が溜まっている。

こんな機会はもうないかもしれないし、と思いながらおそるおそるそれを口に運んでゆっくり噛む。ぶにゅっとした感触とともに、液体状の、わたしが知るはずのない記憶が口内に溢れ出した。正確に言えばそんな錯覚を覚えただけだったが、歯の生えた顎がかつて相手に直接的な致命傷をあたえるものであった時代の、おぼろげな誰かの記憶のようなイメージがふっと頭をよぎったのだった。とくに具体的な映像を伴ったわけではなかったが、口の中の感覚はやたらと生々しかった。それは何か崇高な気持ちというよりも、むしろ本能的に背中を向けて逃げ出したくなるような、畏怖の感情に近かった。

「すごい濃い」

一切れを食べ終えたところで、わたしは箸を置いた。何が、味？　とアッコちゃんは隣で口をもごもごさせながら言った。うん、たぶん。わたしはもういいから、あと食べていいよ。そう伝えたときのアッコちゃんは、遠慮しつつもちょっと嬉しそうだった。

翌日の晩、わたしは人生で今まで経験したことのない激しい下痢に見舞われた。幸い嘔吐することはなかったし、腹痛自体はそんなに強かったわけではない。ただただ濁流のように、腸の中のものが何か圧倒的な力によって押し流されていった。強い便意には波があり、その合間でなんとか深呼吸をし、便座の上で呻きながらお腹をさすった。

軽い脱水症状で朦朧としながら、他者を食べるって本来こういうことなんだよな、とわたしは妙に冷静な気持ちになっていた。勝手に挑んで、勝手に負けたのだ。わたしの内臓は、相手の内臓に勝てなかった。そのことにどこかほっとしている自分もいた。

　アッコちゃんのお腹はまったく平気だったらしく、「なんだか自責の念が」というメールが隣の部屋から届いていた。わたしが負けたのは何故だろう。それは何か、命の濃度とか、そういうことなのだろうか。考えてもよくわからなかった。

　下痢はそれから一晩中続き、やがてわたしはぼんやりとした意識を持った、ただの一本のやわらかい管になっていた。自分の中がすっかりからっぽになったことに気づく頃には、窓の外はもう薄く白んでいた。わたしがベジタリアンになる日が来ることは当分ない気がする。だけど、食べる方も、食べられる方も、かつてはこうやって一対一で対峙した生き物同士だったことを、たまには思い出そうと思った。

バッド・ゲームの向う側

ふとした時に思い出すテニスの試合がある。より正確に言えばそれは試合そのものではなくて、インターネット上にある海外の短い動画の中の、あるワンシーンに過ぎない。

二〇〇八年、マイアミ・オープンの男子シングルス、ミハイル・ユージニーと、ニコラス・アルマグロの試合中にそれは起こった。

すでにユージニーは一セットを落としていた。アルマグロのサービスゲーム。ぶれのない重たいサーブが、アルマグロの野太い叫び声とともに紫色のコートに打ち込まれる。どうでもいいことだが、紳士のスポーツと言われる競技でこんな声を出して大丈夫なんだろうか、と毎回わたしは妙にそわそわしてしまう。

ユージニーは淡い栗色の髪を角刈りにしていて、どこか冷徹な軍人のような雰囲気があった。彼はバックハンドストロークを片手で打つ。球を打ち返すたびに、蝶番のような両腕がしなやかに広がる。

十五回、十六回と、永遠とも思えるようなラリーが続く。球がコートを跳ねる乾いた音。ショットを打つたびに大きく叫ぶアルマグロに対し、ユージニーは少しの呻きも漏らすことなく、柔らかい膝を使って淡々とラケットを振り続けていた。その余裕は、おそらく着実に相手にプレッシャーを与えていた。

二十回目のショットが打ち返されようとしたその瞬間、ぼすっという鈍い音が会場に響く。ユージニーの打ち返した球がネットに当たったのだ。さして難しいコースだったわけでもない。それは素人目に見ても、あまりに凡庸なミスショットだった。会場のあちらこちらから聞こえる落胆の声。

カメラはすぐさまユージニーの姿を捉える。一瞬何が起こったのかわからないというふうに呆然と天を仰いだユージニーは、ぼそぼそと唇を震わせたかと思うと、次の瞬間、猛烈な勢いでラケットのフレームを自らの額に叩きつけた。ユージニーの顔は激しく歪み、今にもその場で泣き出しそうだった。彼の額の上で、両手で握られた硬そうなフレームが何度もばんばんと跳ねている。思わず目をそらすように、カメラが観客席の方に切り替わった。青いトレーニングウェアを着た初老の男性が困惑した表情を浮かべている。もしかしたら彼のコーチなのかもしれない。

カメラは再びユージニーの姿を映した。わたしは思わず目を疑った。彼の額はぱっくりと裂け、鮮やかな赤い血がだらりと筋を描いて鼻先まで垂れ落ちていた。それはまるで冗談のような光景で、わたしは思わず引きつった笑いを漏らしてしまった。テニスコートの上で、選手が自分の額をラケットで割り、流血するなんてことが誰に予想できるだろうか。

ユージニーは乱れる呼吸を落ち着かせ、自分の中に吹き荒れる激しい衝動をどうにかやり過ごそうとしているように見えた。ボールボーイから受け取った白いタオルで血を拭い、数歩ゆっくりと歩いたあと、指でサインを見せてタイムを取った。

カメラはプレイバックの映像に切り替わり、先ほどのあまりに痛ましい殴打の瞬間をわざわざ視聴者と一緒に振り返ってみせる。スローモーションという、通常ボールの軌道の判定に使われるはずのこのテクノロジーが、まるでドラマの演出のようにゆっくり彼の額をつたっていく血にわたしの目を釘付けにさせる。白いテニスウェアと赤い鮮血のコントラストがあまりに出来すぎていて、自分が一瞬何の映像を見ているのかよくわからなくなる。

医療チームの人なのか、カーキ色のシャツを着た男性が駆け寄り、コットンのようなものでユージニーの顔の血を丁寧に拭っている。ベンチに腰掛けたユージニーは少しうなだれるように上体を傾けながら、黙ってその身を男性に預けている。男性の質問に対し、ユージニーは静かに小さく頷く。首の動きに問題がないか、指示されるままに頭を右に、そのあと左に振る。

解説者が、もう我慢できないというふうに小さな笑いを漏らした。それに続くように、観客席からも笑い声が聞こえてきた。「ブラボー!」という誰かの歓声がどこかから聞こえ、会場全体から拍手が沸き起こった。

彼は自分を受け入れたのだ、と思った。観客たちは、わけのわからない状況にもはや笑うしかないと混乱していたのかもしれないが、同時にユージニーに対して、心から労りと祝福の気持ちを向けているようにも見えた。

シングルスという競技の形式における、選手の絶対的な孤独についてわたしは想像するほかない。中学生のときに少しだけテニス部に在籍してみたものの、勝負事が苦手でほとんど試合に出ようとしなかったわたしに、ユージニーの行為の是非を語る資格などない。皮膚が裂けるほどに体を痛めつけてまでも、自身を罰さざるを得なかったこと。そうでもなければ自分のかたちを保てないような瞬間が、人生にはたぶん何度かあるということ。ユージニーはその弱さを受け入れた上で、自らタイムを取り、自分でつけた傷を治療してくれる他者に身を任せたのだ。

動画はそこで唐突に終わっていた。最終的にこの試合の勝敗がどうなったのかを、わたしは今でも知らない。


以前、わたしにはある悪癖があった。人から何か真っ当な理由で非難されて、その自罰感情がピークに達したときに、自分の頭を思いきり拳で殴ってしまうのだ。片手で殴ることもあったし、両手で交互に殴ることもあった。ごっ、ごっ、と頭蓋骨に意外と高い音が響く。あまり中身が詰まっていないからなのか。ぐわんぐわんと揺れる視界の中で、目の前の相手が慌てて、やめて、と言うのが聞こえるまで、わたしは自分を殴るのを止めることができなかった。

数年前、玲児くんと晋吾と三人で友人の家に遊びに行った帰り、わたしたちは下高井戸駅のホームの待合室で電車を待っていた。感染対策で待合室の自動ドアは開け放たれており、電車が通り過ぎるたびに冷たい風が吹き込んできた。

わたしは妙な焦燥に駆られていた。その日会った友人は、育児と制作をこなしながら地道なリサーチを行い、大きな展覧会に何度も参加しているアーティストだった。ちょうど自分も翌年に大きな芸術祭の仕事と、初めての美術館での個展が控えていたが、わたしには子どももいなくて時間もあるはずなのに、彼女ほどの結果を出すことができるのか自信がなかった。せっかく三人で久しぶりに外に出かけたのに、何も話す気分になれなかった。

そんなわたしの表情を察してか、玲児くんが、いまだに自分が大きな展示の仕事が来ないことについて自虐っぽくつぶやいた。わたしは特に何も考えず「大きい仕事も小さい仕事も変わらないでしょ」みたいなことをぶっきらぼうに返した。玲児くんはそれに対して、いや、ももちゃん別に本気ではそんなこと思ってないでしょ、と軽く咎めてくる。

わたしが展示や原稿の締め切りなどで追い詰められていると、玲児くんはいつもなにも言わずに美味しいごはんを作ってくれた。わたしは自分の忙しさにかまけてそれに甘えていた。玲児くんの言葉には、お前が言うなよ、という非難のニュアンスも含まれていたのかもしれないけれど、わたしはうまくそれを認められずに「大きい仕事っていうのは、大事な仕事って意味だよ」と言い返した。玲児くんと話しているのに、晋吾も一緒になって、本当にそう思ってるの？　と聞いてくるのにも少し腹が立っていた。

だんだん自分でも何が言いたかったのかよくわからなくなってきて、雰囲気が悪くなってくる。電車が家の駅に着いても、誰も納得していないことが空気で伝わった。無言で家までの道のりを歩いていると、点滅する信号に何度も引っかかった。

家に帰ってきたあと、わたしはうまく自分の感情を整理することができずにリビングで泣きだした。晋吾と玲児くんは、何も言わずに目の前でそれを見つめていた。ああ、またいつものパターンだと頭の中では冷静になりながらも、あふれる自罰感情を止めることができなかった。

三人ともが作家であってもやっていることは全く別々だから、それぞれを尊重しつつ、お互いの作家としてのスタンスには基本的に干渉しない。当たり前だけど得られる評価の機会は平等に与えられるわけではないから、そのことについておそらく晋吾はこの家の中で一番気を配りながら生活している。

うすうす気づいてはいたけれど、自分がものすごく人や運に恵まれてきたことについて、それは必ずしも努力だけでどうにかなるものでもないということについて、わたしは今まであまり深く考えようとしてこなかった。「別にこれはわたしの椅子ではなくて、あなたの椅子でもあったものかもしれませんよ」と先回りして言うことで、誰かにそれを指摘されることから逃げ続けていたのだ。

気がつくとわたしは大きく拳を振り上げていた。それが自分の側頭部にまさに当たろうとする瞬間に、

「それ、パフォーマンスだからね」

と玲児くんが呟いた。

「ももちゃん、俺らがいる前じゃないとそれやらないでしょ」

しばらくの沈黙があった。わたしはゆっくりと腕を下ろした。麻酔銃で撃たれた態になったような気分だった。本当にその通りだと思ったのだ。

わたしが自分の頭を殴るのは、いつも家族や恋人など、親しい人たちの前だけだった。それは、こんなに自分は苦しんでいるんだという態度を見せつけることで相手の心を支配するための、自傷のかたちを借りた暴力だった。それが、相手の体を自分の体に置き換えただけのドメスティック・バイオレンスに過ぎないことに気づいたとき、わたしは、今度こそ素直に自分の弱さを認めることができた気がした。今まで自分の頭を殴り続けてきたのは、反省の証明でもなんでもなくて、ただの防御の反応だったことにようやく気がついたのだ。

「ごめん」

わたしはまだ泣き続けていたが、それはなにか安堵に近い涙に変わっていた。

「無理があった。あの言葉はこじつけだった。嘘ついた」

そういう鼻水まみれのわたしの姿を見て晋吾も玲児くんも二人で笑った。玲児くんは笑いながら目を赤くしていた。どうしたの、とびっくりしたら「感動した」と言ってきた。玲児くんが泣いたのを見たのは数年ぶりだった。


それからわたしは、自分の頭を殴ることをしなくなった。というのは嘘で、正直に言えば一年に一回くらいの頻度に減らすことができるようになった。こう書いていると、自分のことなのにまるで動物の飼育日記のようで笑ってしまう。

誇り高きテニスプレイヤーと、こんな自分を比較して語ることなどおこがましいとは思う。ただ、あのときのユージニーは、無数の観客に囲まれていたにもかかわらず、なにかのパフォーマンスとして自分の額を割ったのではなかった。それは純粋に自分自身に向けられた彼だけの怒りと悲しみであって、決して誰かへの攻撃の代替ではなかった。

コートをうつむきながら歩くユージニーの、静かにタイムを取る指先を、わたしは今でもたまに思い出している。

見ない、見えない、見なくていい

先日、久しぶりに眼科を受診することになった。白目の充血が二週間以上治らなくて、よく見てみたら眼球の上に透明な一ミリくらいの小さな突起ができていたのだった。なんとも不気味だったので近所の病院に予約なしで向かい、初診ということで一通りの検査を受ける。ぐるぐるといろいろな機械のあいだを歩きまわりながら、眼球に冷たい風を吹きかけられたり、青い空に浮かぶ気球の画像を見つめさせられたりした。

診察室に通されると、どこか陸上部の顧問を思わせるようなずんぐりとした体格の先生が神経質そうにモニター上のカルテを覗き込んでいる。とりあえず眼球を見てみましょうと言われ、白い機械の上に顎をのせてそれぞれ右目と左目を撮影することになった。小さな電子音が聞こえると同時に、モニターに即座に映し出されたわたしのふたつの眼球は、魚の目のようにぬらぬらと青白く光っている。それを先生とわたしの合計よっつの眼球が見つめている状況に、なんだか妙な気持ちになる。

この白目の小さなできものは、わりとよくあるやつで悪性のものではないんですよ、目薬を一応出しておきますが。先生はそう言って、なんとか嚢腫、とかいう小難しい腫瘍の名前を教えてくれた。

「ただ百瀬さん、それとは別なんですがね。あなたはおそらく生まれつきの遠視だと思います」

わたしはびっくりして先生の顔を見た。

「まさか。だって健康診断の視力検査でもだいたいいつも一・五くらいだったんですよ。遠くの文字とかもはっきり見えてますし」

とても信じられなかったし、ショックだった。まわりの友人がどんどん加齢とともに眼鏡をかけ始める中、自分の目が小学生並みにいいことを自慢に思っていたところもあったからだ。

「遠視っていうのは、遠くのものがよく見えるとか、見えないとかいうことではないんです。あなたの目の焦点が合う場所は、生まれつき他の人たちよりも後ろにある。だから近くのものを見るときには、かなり負荷をかけてピントの調節を行っているんです。それでも無意識に筋肉を使ってピントを合わせられてしまうから、そのことを本人はなかなか自覚できない。そしてそれは、通常の視力検査ではだいたい見過ごされてしまう」

たしかに先ほどの視力検査は、よくあるCの図形の切れ目の向きを指さすものではあったけれど、視界がぼやけるレンズを検査用眼鏡に差し込みながら、普段と違うやり方で行ったのだった。

「あなたの目は普段、風景のどこにもピントが合っていないんです。遠くのものを見るときでも、あなたの目はそれを近くに引き寄せるために筋肉を使ってしまっている。いってしまえば、常に体が休まらず、緊張した状態になっているんです」

先生は淡々とそう続けた。たしかに思い当たる節はいくらでもあった。常に両肩は石のようにがちがちに凝っていたし、夕方になると目が霞んできたり、頭痛がしたりすることもあった。何より一番はっとしたのは、自分がよく母に「あんたはいつもどこ見てるのかわからなくて気持ち悪い」と言われていたことを思い出したからだった。

わたしは昔から、夕暮れの時間を家でぼんやり過ごすのが好きな子どもだった。

そういうときはだいたい窓の外を眺めているのだが、それはべつに空に浮かぶ雲のかたちだとか鳥の群れだとかを、関心を持ってまじまじ見つめているということでもなかった。強いていうならば、水彩絵の具を塗り重ねるようにゆっくりと紫色に変化していく外の空気だとか、じょじょに湿り気を帯びていく庭の草木の気配だとか、そういう抽象的な諸々はまぶたの奥でうっすらと感じてはいたのかもしれない。あれだけ毎日長い時間を部屋の中で過ごしていたにもかかわらず、何かをはっきり見つめていた、という記憶があまりないのだ。

何かを「見る」という事態が発生する手前の、焦点の合わない風景のなかにとどまりつづけるのは心地がよかった。それはまるで、がらんどうになった自分の体の内壁に映し出された、うすぼんやりとした幻灯機の光を浴びているような感覚だった。意識はぽんとどこかに投げ出されていて、目の前に広がる光景に特別なにか感慨を覚えるわけでもなく、その光がそこに在る、ということをただわたしは目の当たりにしていた。

もちろんそれは当時わかってやっていたわけでもなく、今こうして言葉を手繰り寄せてようやく説明できることではあるのだけれど、視線が途中でぶらんと宙づりになったようなその表情を、わたしは今でもときどき人前で浮かべているのだろうと思う。

「これは生まれつきなので、治るということはありません。おそらく数年のうちに、近くはもっと見えにくくなるでしょうし、疲労感もどんどん強くなっていくでしょう。今すぐにとは言いませんが、遠視用眼鏡を作られることをお勧めします」

そのうち考えてみます、と濁すような返事をして、わたしは診察室を後にした。

哲学者・中村雄二郎の『共通感覚論』によれば、ルネッサンス以前、中世で最もすぐれた重要な感覚は聴覚であり、視覚は触覚に次ぐ三番目の感覚だったといわれている。しかし、活版印刷が登場し、遠近法が確立され、顕微鏡や望遠鏡といった新しい光学装置が次々とあらわれたことで、近代のはじめに視覚と聴覚の順位が入れ替わってしまうことになる。いま絵画と呼ばれて額に入れられているものも、かつては教会という建築物に従属する一枚の壁でしかなかった。今の価値観からするととても想像できないけれど、人々が視覚というものを重要視するようになったのは、実は意外と最近のことだったりする。

生まれた時から目が見えず、暗闇の中に生きていた人が角膜手術によって視覚を得たとしても、人々が何気なく行っているような「見る」という動作を得るためには数年の歳月を要するらしい。はじめは何を見ても、ただのぼんやりとした明暗の塊にしか見えないという。やがて色を識別できるようになり、ものの存在を背景から切り離せるようになり、それからそのものの形がわかり、「ああ、これは自分とは切り離された存在なのだ」ということをようやく知覚できるようになる。これは、脳の中の視覚機能がまだうまく働いていないために起こるそうだ。

何かがくっきり見える、ということは、たとえ無意識下であったとしても脳のたゆまぬ学習の結果であって、決して自明のものではないのだということをこのエピソードは教えてくれる。

普段ビデオカメラといった機材を扱っていると、解像度の進化にどこまで乗り続けるのか、という話がしばしば作家同士の中で出てくる。なぜ自分たちは、くっきりと細かい絵が撮れることを無批判に「よいこと」だと信じ、次々と新しい機材に買い換えたくなってしまうのだろうか。かといって今この時代にDVテープで撮影をしたとして、それはすでに懐古趣味的な意味合いをはらんでしまう。

初めて自分が4Kカメラで撮影されたビデオ・インスタレーションを海外の展覧会で見たとき、巨大なスクリーンに引き伸ばされてもまったく粒子の見えない映像にびっくりしたのを覚えている。プロジェクターの光の表面はぬるりとしていて、まるで水銀のような粘度の高い液体がくまなく塗られているようだった。

そこには、どこか底の知れない不気味さがあった。当時フルＨＤの映像だってじゅうぶん綺麗だったけれども、少なくとも映像が、わたしの知っている「この現実」を複写したものであるという前提が、まだその映像の質感の中にはあった気がした。少なくとも、その時点のわたしの目の中で認識される限りにおいては、くっきりしているのは現実の風景の方だったのだ。

目の前の４Ｋカメラで撮られた映像は、わたしの肉体では捉えられないものがこの世界に存在していることをまざまざとあらわしていた。どこかの村の初老の女性にカメラが向けられると、それは彼女の表情よりも先に、日に焼けた肌に刻まれた無数の細かい皺のほうを映し出してみせた。小鼻の周りに、わたしは髪の毛のように白く光る数本の皮脂の筋を見つける。自分の大きく見開かれた眼球の奥に、ずっしり重たい圧がかかる。

自分の体の限界を超えた場所に、確かに自分に見えないものがある。そのことがわたしは怖かったのだと思う。わたしのよく見知ったこの世界を、わたしではないものが、まったく別の次元の説得力をもって書き換えていく。

慣れとはおそろしいもので、そんなことを感じてから十年も経たないうちに、わたしは4Kの映像の質感についてなんとも思わなくなってしまった。それは日々周りの環境を覆い尽くしていく映像がほとんどその規格になったからというのもあるけれど、もはやフルHDではどこか「物足りない」感覚になっている。これは自分でも結構こわい。くっきりしていること、つまり情報量がたくさんあることを是とし、それ以下のぼんやりした解像度に耐えられなくなっていく視覚認識のありようは、それ自体がなにか不穏な比喩のようでもある。ちょうど、アンドレアス・グルスキーが撮る写真のように。

今後どんどん良いビデオカメラを使う機会が増えたとして、わたしはおそらく、4Kと8Kの映像の違いに気づくことができない。それはわたしの目の性質の問題もあるだろうけど、実際ほとんどの人がそうなのではないかという気もする。もはや、誰の「くっきり見たい」欲望なのだろう。いったい、誰が知覚したい世界なのだろう。

「わたし、遠視なんだってさ」

家に帰るなり、わたしはあからさまな落胆をにじませて晋吾にぼやいた。

「遠視ってどういうやつやっけ。近視の逆ってこと？」

「いや、そんな単純なことでもないっぽい」

わたしは、遠視がどういうものなのか簡単に晋吾に教えてあげた。説明が難しかったのは、自分が普段、世界のどこにもピントを合わせていないということだった。わたしの目は、じつは何も見ていない。ぼやけた像の光を、まぶたの間からただ受容しているだけ。何かを意識した瞬間に筋肉は飛び起き、ようやくそこで、くっきりとしたかたちが与えられる。

なんか、めっちゃ普通のこと言ってる気がするよ。他の人もみんなそうだと思ってたけど違うの？　わたしはなんだか無性に心細い気持ちになって、晋吾に尋ねた。

「どうなんやろ。今まで考えたことないな」

晋吾の眼鏡のフレームは指紋でだいぶ汚れていた。

「でもなんかこれは、あやちゃんという人間を考えるうえで、すごい示唆的な話やと思うわ」

晋吾の指紋だらけの眼鏡のフレームが、ゆっくりと時間をかけて、ふたたび抽象的な黒い線に戻っていく。ベランダから差し込む冬の澄んだ日差しが、セーターからのぞいたわたしの手の甲をほのかに温めていた。この輪郭の溶けたぼんやりとした世界が、ずっとはじっこまで続いていたらいいのに、と最初に思ったのはいつだったか。わたしが生まれて初めてこの薄いまぶたを開いたとき、世界はそのことを、たしかに許してくれていたはずなのだ。

なんだか急に甘ったるい何かが食べたくなって、冷蔵庫の扉を開ける。

「あやちゃんはべつに、眼鏡、かけんでもええんとちゃうかな」

そうかもね、と少し笑いながらわたしは奥のプリンに手を伸ばした。

身籠り

「でも実際、子どもを産むと、作品はかなり変わると思いますよ」

ある居酒屋の席でそうわたしに言ったのは、女性の学芸員だった。彼女も慎重に言葉を選びながらそのことを口にしたのはわかっていたし、わたしも同じくらい慎重に傷つかないように振る舞うべきだと思ったのだけれど、やはりどうしてもウッとなってしまった。

あれだけ体のかたちが変わり、自分を取り巻くすべての状況が劇的に変わるのだろうから、自分の作品にも変化が訪れるというのは実際そうなのだろう。

かつて学生のときに、授業の中である男性作家に「女性作家は子どもを産むと作品がつまらなくなる」と言われたことがあった。そのときの、腰から下の力がすうっと抜けて自分がどこか幽霊にでもなったような感覚を今でも覚えている。その言葉と、この「女性作家は子どもを産むと作品が変わる」という、出産を経験した女性からのむしろポジティブな激励に近い言葉のあいだには、真逆と言えるほどの隔たりがあるはずだった。だけど、わたしはあの自分の下半身が透明になって意識だけが宙に浮かんでいるような感覚を、生ぬるいビールの味と一緒に久しぶりに思い出したのだった。

ふと思ったことは、産むことも、産まないことも、何も選ばずにただ気ままに日々を生き、年齢を重ねているわたしのような女の状態を、どのように社会は説明するのだろうということだった。

ちなみに自分のことは、繁殖に興味がないわりに他のものと親密にくっついたりすることにはまるで抵抗がなく、飽きっぽくてすぐに見た目を変えたがるあたり、アメーバ状の粘菌のようなものに似ていると思っている。おそらくそういう生き物は放っておけば勝手に周りから「産まなかった」ということにされるのだろうと思うが、別にわたしはそういうことを自分から言ったことは一度もないし、勝手にそう周りから定義されるのもなんだか不本意な感じがする。そういう産む・産まないのふたつの選択肢しかない世界の外側にいたいし、自分からわざわざ表明するのもめんどくさいんです、という人間の状態を語る言葉は、はたしてこの世界にあるのだろうか。

「でも、産んだ経験と同じように、産まなかった経験がある、っていう言い方もできるんじゃないですかね」

わたしは少し考えたあと、苦し紛れにそう学芸員の女性に伝えた。彼女ははっとして、たしかにそうですよね、と真剣な面持ちで言った。その反応が返ってきたことがありがたかった。こういうことを産んだ女性に話すのは毎回緊張してしまうのだけれども、本当はもっとお互いフラットに話してもいいことのような気がする。そうしたら、彼女がそれをわたしに伝えたくなった欲望の正体についても、もっと深いところで話ができるはずなのだ。

「産まない」という状況は、つねに「産む」を「しない」という否定文で語られる。「しない」を使わずにそのまま肯定文で説明できるものごとは、ある種社会の中で自然化されていると言ってもいいものごとなのかもしれない。そもそもそういった二分法でしかお互いの身体のことを語れないということ自体が、なにかわたしたちの健康を静かにむしばんでいるような気がしてしまう。

先日、こまばアゴラ劇場に『擬娩』という演劇を観に行った。和田ながらさんという演出家が主宰している「したため」というユニットによる作品で、京都での初公演のときからわたしの周りでは話題になっており、ずっと観たいと思っていたのだった。

擬娩とは、もともと男性が自分の妻の出産に際し、陣痛や胎児の出産などの模倣を行い、その苦痛を分かち合うという世界の諸部族に伝わる風習をさす。この演劇はそれをモチーフとしており、舞台上には数人の男性、そして一人の女性とおぼしき俳優たちがいた。

俳優たちは、妊娠をめぐる様々な肉体の変化、精神的苦痛、そして日常生活における困難を事細かに語り、そして得体のしれないものに身体が乗っ取られ、自身のコントロールが失われていく様子を生々しい体の動きであらわし始める。

また秀逸なのは、作中で大人の男性（とおぼしき）俳優が演じる「胎児」と、同じく男性（とおぼしき）俳優が演じる「母親」が、定期健診を通して語り合うシーンである。そっちの世界ってなんか大変みたいじゃないですか、差別とかあったり、お金のこととか心配だし。この外に出ていくメリットってあるんですかね、と臨月を前にごね出す胎児に対し、いや、こっちとしては出てきてほしいですよ。お金系は大丈夫だから。いやでも、そうですよね、結局、こっちに出てきてほしいって、それ全部こっちの都合ですよね……と力なく応じる母親の対話は、ある種、様々な社会保障の問題を放置しながらも妊娠・出産は無批判に礼賛する、この社会の欺瞞をユーモラスに戯画化している。産めよ殖やせよというイデオロギーが何を招いてきたかということに自覚的で、安易な出生賛美に傾かないよう慎重につくられた脚本だった。こういったデリケートな問題を、笑えるシーンにできてしまう演出のバランスが絶妙だと思った。

舞台に一番近い席で見ていたのもあるけれど、俳優たちの身体の圧も凄まじかった。思わずその声を聞いているこちらもつられて吐きそうな地獄のつわり期を経て、お腹は妊娠線とともにどんどん大きくなり、おへその下には縦に薄い毛がもうもうと生えはじめ、やがて縦長の穴だったはずのおへそは、皮膚が無様に伸びきって平らになっていく。そういった、けして「美しくない」出産をめぐるものごとの細部が、ごつごつと骨ばった男性（とおぼしき）俳優たちの身体によって語られる。

かつての誰かの身体に、そしてそれはおもに家の中で、見向きもされずに起こっていたこと。それを男性の身体が「代弁」するのではなく、「翻訳」しているからこそ、この舞台は成立しているのだと思った。

胎児の重みで骨盤がめりめり軋む激痛を表現するとして、もともとその機能を有さない身体がどうやってそれを再現できるのか。男性俳優たちがおのおの解釈した妊婦のありようはそれ自体が不完全な翻訳であって、その誇張された奇妙な動きに思わず笑いそうになってしまう瞬間が何度も訪れる。しかしそれを単に不恰好なものとみなしていいのか、自分はどの立場からそれを笑っているのだろうか、という躊躇も同時にそこには存在していた。

舞台が終わったあとにはアフタートークがあった。トークゲストとして麻衣ちゃんが出演することになっていたので、そもそもこの日の公演に行くことにしたのだった。今回この作品を演出した和田ながらさんと、アーティストの麻衣ちゃん、そして俳優の稲継美保さんというラインナップだった。

稲継さんは今回の演劇に出演していたわけではなく、現在妊娠七ヵ月とのことだった。この内容だから稲継さんがゲストとして呼ばれたのかどうかはわからないけれど、すごい状況だと思った。

稲継さんがトークで言っていたことは、とても印象的だった。男性俳優たちが舞台上で苦しそうなつわりの演技をしているのを見て、「実際はこんなもんじゃないから！」と批判してやりたくなる、マウント心のようなものが一瞬芽生えてしまったのだという。そしてそのことに激しい自己嫌悪を覚えたそうだ。稲継さんはずっと、自身の経験を担保にして誰かより優位に立つようなふるまいはするまいと心がけてきたつもりだったのに、いざ自分が当事者の立場に置かれてみると、こんなにも簡単にそういう感情にみまわれてしまうんだということがショックだったらしい。

「当事者が経験したことより、誰かが想像したことの方が劣ってる、なんてことはないと思うんですよ」

わたしはそれを聞いて、これを大きなお腹を抱えた稲継さんが話しているということの世界のままならなさというか、複雑さに思いをめぐらせた。そもそも役者の仕事とは、当事者でないものたちが、かつてそこにいたかもしれない誰かの身体を想像し、あらわすことでもある。当事者が語ることが常に真実である、ということすら疑わしい。当事者自身もある意味、社会の中で要請される当事者を演じさせられたり、あるいは無意識に演じようとしてしまうことがあるからだ。あるいは演劇とは、自分の身体と「誰かの身体」のあいだに常に埋めがたいズレがあることを受け入れた上ではじまる、了承の芸術なのかもしれない。

そのあと稲継さんと、一緒に公演を観にいった数人で喫茶店に行った。ハヤシライスを注文したら、なぜか間違ってナポリタンが出てきたが、とても美味しかった。

不妊治療を経て妊娠した稲継さんは、受精卵を子宮に戻す際の病室の空気が、いかに演劇性に満ちたものであったかということを面白おかしく話してくれた。子宮内の様子はリアルタイムにモニターで映し出され、注射針のようなもので今まさに受精卵が戻されようとする瞬間、十、九、八、七、六……と看護師の方々に秒読みをされるのだという。それは、生命の誕生という神秘を演出するための病院のはからいなのかもしれないが、稲継さんがその瞬間も演劇のことを考えていたというのがなんだかおかしくて笑ってしまった。

以前、わたしは人工妊娠中絶の問題を直接的に扱った《Flos Pavonis》という映像作品を作ったことがある。

二〇二一年一月、コロナ禍のポーランドで、実質ほぼ全ての人工妊娠中絶を禁止する法律が施行された。ポーランド人の友人からそれを知らされたわたしは、今までの自分の制作ではあまり見ることがなかった、強い怒りという感情からこの作品を作り始めた。

日本に住む女性と、ポーランドに住む女性との往復書簡のような形でこの物語は進む。かつて植民地下のカリブ海地域に連れてこられた黒人奴隷たちが堕胎薬として使用していた植物「Flos Pavonis」を手掛かりに、ふたりは言葉を紡いでいく。

　毎年ある一定数の人口が失われていく世界において、人工妊娠中絶を禁止する法案が通るという事態が起こるということ。それを、妊娠できる女性の身体を人口維持装置として管理したいという国家の思惑としてみるならば、そういう現実を逆照射して見せるようなフィクションを作ってやりたいと思ったのだ。

　初めてその作品を展示したのは、横浜市民ギャラリーの企画展だった。展示初日、わたしはいつものように緊張でうろうろと会場の外を歩き回っていた。ただその緊張は、いつもの緊張とは少し違う種類のものだった。

　その時期、わたしの同世代の友人たちはどんどん母親になっていた。その中には育児のためにいったん制作をストップせざるを得なくなったアーティストもいる。彼女たちはこの作品をどのように観るのだろうか、ということがわたしにはどこか気がかりだった。

　もちろん彼女たちだって、母親という自らの当事者性と、人工妊娠中絶の問題を切り分けて考えるであろうことはわかっていたし、そういう風にこの作品が彼女たちを不快にさせないかと心配していること自体、彼女たちを低く見積もるようですごく失礼な気がした。

ただ、ある意味この作品は、出生が無条件に礼賛されるこの世界の前提自体に、遠くからおどおどと石ころを投げつけているところがあるような気がしたのだ。愛情深い母親でもなければ貞淑な妻でもない、ただセックスフレンドと怠惰な日々を送る奔放な女性を主人公にしたのは、その「非生産的」なセックスをする女性たちの不可視性、誰にも祝福されず、むしろ非難の対象にもなり得るような「魔女」たちの問題を作品の中で扱いたかったからでもある。だけど、妊娠や出産を経験したわたしの身近な友人たちに、この作品がどう思われるのかを考えるのは、なぜだかとても怖かったのだ。

妙な焦燥にかられながらギャラリーの入り口あたりをうろうろしていると、偶然シオリちゃんとすれ違った。シオリちゃんは、わたしが学生時代にバイトしていたスナックで一緒に働いていた女の子だった。SNS経由で何年か前に子どもを産んでいたことは知っていたけれど、実際にちゃんと会ったのはほとんど十年ぶりくらいだった。

当時わたしたちはバサバサにマスカラを塗りたくったようなメイクをして、お互い女を演じ分けることに長けていて、どこかそういう自分たちの器用さに醒めていた。シオリちゃんはそのあどけなさの残る顔だとか、持ち前の明るさでお客さんにとても人気があった。わたしはなぜか、この子は、自分自身を傷つけるためにまわりから愛されようとしているのではないだろうか、と思うことがたびたびあった。具体的に何か嫌な出来事があったわけでもない。でもそれが自分の幼稚な嫉妬からくる感情なのか、当時はよくわからなかった。

自身のままならなさ、どうあっても歪んでしまう認知の癖を知りつつも、それにうまく名前がつけられないときの顔というのがおそらく誰にでもあって、ときどきシオリちゃんはそういう表情を浮かべながら薄暗いカウンターの中にぼんやり佇んでいた。わたしはだんだん、妙な親近感に近いものを彼女に対して抱くようになっていた。

十年ぶりに会った、色白のすっぴんに眼鏡をかけたシオリちゃんはまるで高校生のように幼くも見えたし、同時にあの頃よりずっと芯の強い大人の女性のようにも見えた。彼女の子どもの姿は見えず、一人でギャラリーに来てくれたようだった。わたしはシオリちゃんが自分の展覧会を気にかけてくれていたことにびっくりして、最初うまく話すことができなかった。でも、あんなへビーな内容の映像作品を観てもらったあとで無理やり明るくおしゃべりするのも何か違う気がして、その場では簡単な感想を聞いたり、当たり障りのないお互いの近況を話したりした。

その日の晩、シオリちゃんからインスタで長いメッセージが送られてきた。

「出産後も、自分の身体は自分のものではなかったです。母親としての身体、人格を周囲から求められていました。望まない妊娠出産などしてしまったら、自分を保つことは無理なのではと思いました。

考えれば考えるほど、出生という現象自体が、殺人と同等の最上級の暴力のようにも思えるのですが、自分や他の母親が、どうして子どもを産みたいと思ったのか、改めてよくわからない、という気持ちです。あれは壮大な自傷行為だったんじゃないか、とか……

でもこれって、生きる意味を問うくらい意味がないのかな、とも思います」

わたしはインスタの中に、ブルーのワンピースを着たシオリちゃんの腕に抱かれた、むっちりした赤ん坊の写真を見つける。隣で旦那さんとおぼしき長い髭を生やした男性が、白い歯を見せて笑っている。

シオリちゃんは、少し緊張しながらスタジオの光の中で柔らかく微笑んでいた。その美しい母の肖像のイメージが、ありえたかもしれないもう一つの人生、という呪いとなって、わたしの足をどろりとした場所に引きずり込むことだって十分あり得ることだった。

たとえそうであったとしても、そのイメージの裂け目の中に、わたしはあの薄暗いカウンターの中に佇むシオリちゃんの姿を、何度でも見つけてあげたいと思った。

あの銅鑼が鳴る前に

わたしの体が、わたしの息を止めようとした日のことを、今でも覚えている。

その昼、いつものように給食の配膳が始まり、机があちこちで班のかたちに動かされていた。蒸し暑い教室の中で、わたしは牛乳を少しずつ飲みながら、ちぎったパンのかけらを口の中でふやかしていた。その頃わたしには軽い嘔吐恐怖症のようなものがあって、それは小六の時に隣で給食を食べていたクラスメイトがパンを喉に詰まらせて吐いたことを鮮明に覚えているからなのだが、その日以来わたしは水分なしでパンを食べることができなくなってしまった。

顔を上げると、わたしの向かいに座る男の子と目があった。彼の視線が一瞬、もごもごと奇妙な咀嚼を繰り返す自分の口元に注がれたのがわかった。わたしは思わず目をそらした。こうしてわざわざ机を彼の真正面に向けてまで、自分が目の前で無防備な粘膜を晒しているということが、急に耐えがたいほど恥ずかしく思えてきたのだった。

わたしは自分の口から肛門までをつなぐ、ピンク色の柔らかい管が牛乳でひたひたになっているところを想像した。口の中を見られることと、肛門を見られることのあいだには、実はそんなに大きな違いはないのではないか。この唇の奥でどろどろに溶けつつあるパンを、彼に見られるようなことはあってはならないと変な汗が出始めたとき、わたしはちょうど階段の降り方を急に忘れてつまずく人のように、パンのかけらをぐっと喉に詰まらせた。

今でもこれがどういう衝動だったのか、よくわからない。ただ、わたしはあのとき確かに、これを飲み込むのを途中でやめたらどうなるんだろう、とわざと躊躇したのだ。あるいは、わたしの中の何かが、それを躊躇するよう仕向けたのだった。

息が詰まり、ほんのわずか死に接近した瞬間、わたしはえずきそうになる前に慌てて牛乳を一気に飲み込んだ。二度と味わいたくない感覚だった。喉の奥には、粘膜を強引にこすったような、ごろごろとした嫌な痛みがまだ残っていた。

その日から、その得体の知れない何かは、わたしの体の中をのっそりと徘徊するように、過呼吸というかたちで現れるようになった。だいたい学校の教室で、満員電車の中で、ぼんやりとした不穏な予兆を伴ってそれはやってきた。それがわたしの喉を内側からぎゅうっと締めあげると、心臓はばくばくと暴れ出し、意識が遠のいてちかちかと視界が揺れた。すいません、また保健室行っていいですか、と乱れた呼吸でふらつきながら廊下へ出る。そのうちわたしはまともに学校に通うことができなくなった。母に連れられて行った三軒茶屋の心療内科で、先生にパニック障害だと診断された。中二の秋のことだった。

発症してから、わたしは特急電車に乗ることができなくなった。しょっちゅうドアが開く各駅停車だったらまだなんとか乗れていたので、今思うとそんなに重症ではなかったのかもしれない。ただそれにもコツがあって、まずは車両の連結部分、あの壁がぐねぐねとアコーディオンのようになっている空間の扉近くに移動するのだ。もしパニック発作が出たら、とりあえずあのぐねぐねの中に逃げ込めばいいと思うだけでだいぶ気持ちが楽になる。

学校の教室も同じ理由だと思うけれど、「集団があるルールに従って全員同じ体勢をとっている密室」という条件下でパニック発作は起こりやすいようだった。そういう空間に入ると、わたしの体の中で、ずるずると足を引きずるように何かが近づいてくるのがわかる。吊り革を握る自分の手のひらは、ずっと汗で湿り続けている。

口、耳、鼻、まるでガムテープで目張りをするように、その何かはわたしの体にもともとあいている穴という穴を内側から順番に塞いでいく。貝が殻を脱いで海原を泳いでいくことができないように、わたしも自分の体の外に逃げることはできない。この車内だけでなく、この体がすでにひとつの密室だったのだ、というどうしようもない事実に気づいたとき、言葉にならない焦燥が後ろからひたひたと忍び寄ってくる。

わたしは車窓から見える、譜面のように流れていく電線に意識を集中させ、大きく深呼吸を繰り返す。発作が出たときのとっさの解決法は、腕を可能な範囲でぐるぐる回したり、どこかを強くつねったりして、体をすぐに動かすことである。その得体の知れない何かよりも常に先回りした動き、予想を裏切るようなおかしな振るまいをすることで、振り切るのである。

この発作で一番つらいのは、まるで陸地で溺れているような、周りでは何も起こっていないのに一人じたばたと死にそうにもがいていることの滑稽さそのものなのだが、それはより具体的に言えば、他者の存在を意識するあまり、勝手に防衛本能が暴走している自分の自意識過剰さが恥ずかしいということでもあった。

そういうとき、昔よくあった、ガラスの酒瓶の中に帆船の模型が入った置物のことを思い出した。密閉された世界の中で、永遠に海に出ることのない船。それが何かのよくない暗示に変わる前に、わたしは静かに目を閉じて凪が訪れるのを待ち続けていた。

自分の体内の、洞窟のような暗い場所を歩きまわっている存在。そこにいるものが、ときに暴走し、自分の喉を内側から絞めさえするということを、中学生の頃にすでに知れたというのは今思えば良かったような気もする。医療用語で予期不安と呼ばれるそれは、パニック発作の恐怖から、「またこんなひどい発作が起きるのではないか」「次こそ本当に死んでしまうのではないか」と考えてしまう不安を指す。

しばらく症状が落ち着いていたパニック発作が三十歳になって再発したとき、混乱したわたしは思わず知り合いのアーティストにどうしたらいいでしょう、と電話で相談したことがある。彼自身、けっこう重い双極性障害と長く付き合っていて、寝ているときに自分の体が相手を無意識に敵だとみなして攻撃してしまうために、誰かと同じ布団に入ることができないのだと聞いた。

「とにかくまずシャワーを浴びたほうがいい」

　彼は静かにそう言った。

「そのときなるべく水の粒を肌で感じることがだいじ」

　要約すると、彼いわくそれは頭の中で「自分劇場」が暴走している状態なので、まずは今ここにある身体が感じている感覚に全力で集中することが大切なのだというこ とらしい。それからわたしはさっそくシャワーの時間にそれを意識してみることにした。シャワーヘッドも、なるべく水の粒が大きくて節水もできるものに交換してみた（同居人には不評だった）。

　予期不安の恐怖から逃れるために、まずわかりやすく「スケジュール」という、先回りされた未来自体を避けるようにしてみたりした。なるべく前もって一日の予定を立てることをやめた。映画や舞台を観るときは当日券で、満席で買えなければ別にそれでいいと思った。新幹線はいつも自由席を買うようにした。直前でやめてもいいし、間に合わなくてもいい、というふうに意識的に自分を泳がせておいた。

　妙な言い方になってしまうけれど、現在に集中するためには、未来を忘却する必要があるのだった。

　ところで、セックスの最中にパニック発作が起こることはない。そこには常に、相手の体があるからなのかもしれない。皮膚の弾力とか、骨の太さとか、関節の曲がる限界角度とか、自分の体と異なるしくみを持った体と重なり合うということは、常に自分の肌や筋肉が知覚する情報が目まぐるしく更新されていくことでもある。相手の顔の揺らめく表情のひとつひとつが、胸の内側から摑み上げられるようなエコーとなってわたしの中に反響する。要はとても忙しいのだと思う。意識がほったらかしにされる状況が続く限り、パニック発作は起こらないのだ。

　一方である種のエクスタシーの感覚というのは、自分の体の中をゆっくりと漂っている、か細い声のような予感とか気配みたいなものの存在に気づくことでもあると思う。

　以前、自分が絶頂に達する感覚というものについて、恋人とお互い説明しあったことがある。わたしはちょっと考えたあとで、「銅鑼っぽい」と答えた。

　恋人は困惑をにじませつつ、どら、と呟いた。

「なんかこう、暗闇の中に大きな銅鑼がぼわーっとあらわれる感じ。で、銅鑼に向かってゆっくり歩いていくの。銅鑼のフチの部分が、こう微かにぶるぶる震えてるんだよね。その低い音が全身に響いてて、すでにその時点で気持ちいいは気持ちいいんだけど、ちょっとでも位置とかタイミングがずれるとその銅鑼はすぐに消えちゃうの」

そうなんだ、と言う恋人は少し申し訳ないような顔をしている。

「いつかはジャーン、って音が鳴るってわかってるんだけど、そこまでが遠い」

自分でも何を言ってるんだろうと思ったが、同時にわりとうまく言葉で表現できたような感覚もあった。わたしは小学六年生のとき、偶然その銅鑼が鳴る音を聞いた。もちろん当時それは銅鑼の姿をしていたわけではなかったが、何か得体の知れないものが自分の中からむくむくと生まれてきたことだけはわかったのだった。わたしはただなんとなく手持ち無沙汰で下着の上を指で撫でていただけだった。それに突然遭遇してしまったわたしは、その瞬間、このまま死ぬのかもしれないと思った。意識がつむじから吸い取られ、呼吸が止まり、全身が激しい波に揉まれて砕け散るような感覚。それは控えめに言っても恐怖と言っておかしくない経験だったはずなのに、幼い自分がいつからそれを快楽として認識するようになったのかがどうしても思い出せない。

いずれにせよ、その後誰かとセックスというものをしてみたくなったわたしは、その銅鑼がふたたび鳴ることを期待して、意識の中で、自分の薄暗い空洞のような場所をあちこち歩き回ったのだった。ある側面においては、絶頂という未来を遅延させ続けること自体に意味があるのではないかというような気もした。銅鑼探しは毎回うまくいくわけではなかったが、それがあらわれやすい場所というのはだいぶ自分でわかるようになってきた。

かつてパニック発作というかたちでわたしの息を止めようとした、わたし自身の体のことを振り返るとき、同時にこの絶頂に至るまでの、あの湿った呼吸の乱れについても思い出したりする。わたしの体の中にひっそりとした気配とともにあらわれ、消えていくそれらは、じつは同じ通路を行き来しているのかもしれないとも思う。

わたしはわたしを予測し、先回りし、喉を絞めようと手を伸ばす。暗闇をおぼつかない足どりで逃げ惑うわたしは、そのとき同時に、恍惚とした顔で、みずから首を差し出してもいる。

石に歯

今までの人生で、わたしは合わせて八本の歯を抜いた。そのうち四本はどのみち抜こうと思っていた親知らずで、残りの四本は第一小臼歯といわれる、犬歯の隣にある小さめの臼歯だった。

歯列矯正を始めたのは二十七歳のときで、治療を始める時期としては別に遅くも早くもない。わたしは昔からひどい八重歯で、前歯とその隣に生えるはずだった歯が前後二列に重なっており、裏から見るとまるで鮫の歯のようだった。

よく思春期の頃、わたしは自分の歯型がどうなっているのか確かめるために、やわらかい二の腕の肉をくわえてぐっと噛んだ。白い肌の上に、でこぼこに途切れた斜めの溝がほんのり赤く浮かび上がる。かじられたクッキーのイラストでよくあるような、花びら形の歯型に憧れていた。なにかの野生動物にも似た自分の噛み跡が、ひどく野蛮なものに見えて恥ずかしかった。

母は顎が小さく、父は歯の大きな人だった。乳歯が抜けたあとに生えてきた立派な永久歯は、うまく隙間を見つけられずにぎゅうぎゅう後ろに追いやられることになった。わたしが成長するにつれて八重歯になったのは逃れようのない運命だったとも言える。わかりやすすぎる血の結果として自分がこういう歯で過ごす羽目になったことに、わたしはどこか復讐にも似た、極めて人為的な手段で抗いたかったのだと思う。

歯列矯正には第一小臼歯を抜歯するやり方と、抜歯しないやり方がある。わたしのように重症の八重歯の場合、歯を抜かなければ並べる隙間ができないためになかなか難しいと言われていた。矯正で近日中に抜歯の予定があることを母に電話で伝えると、何勝手に抜こうとしてるの、とものすごい剣幕でまくしたてられた。

「あなたの体はわたしの体でもあるのよ」

母は、確かにそう言った。一瞬何を言われたのかわからなくて混乱した。次の瞬間ぞっと背筋が寒くなり、わたしは電話を切った。そして思わず反射的に、舌で奥歯のざらついた表面を舐めた。

このやわらかい口内に唐突にあらわれる、ごつごつした白い石のようなものは、何もないところから突然やってきたわけではない。母にとっては、それがいまだに自分の子宮の延長にあるということが、かつて自分が頑張ってたくさん摂取したかもしれないカルシウムの結晶としてそこにあるということが、その電話一本でわかってしまったのだった。

たかだか抜歯ひとつが、急にある種の親殺しというか、儀式的な何かを帯びてしまった気がした。わたしはそのまま、抜く方のプランで歯科医院に予約を入れた。


自室のパソコンデスクの脇に掛かったホワイトボードに、チャック付きのポリ袋が強力マグネットでとめられている。その名刺サイズほどの透明な袋の中に、今までに抜いた八本の歯が雑然と入れられている。あれから約三年間かけて、途中で上下の親知らずも抜いたりしながら、わたしの矯正治療は無事に終了した。

袋の中に入れられた歯は、一つ一つみんな違うかたちをしている。下の第一小臼歯は親知らずよりもひと回り小さく、歯根も一本しかない。先は細く尖っており、まるで羽のないクリオネのような見た目をしていて、ぱっと見ただけでは人間の歯だとはよくわからない。

あの日、メリメリと歯が顎から剝がれていく振動を感じながら、わたしは麻酔前に先生が微笑みながら言った「もったいないないけどね」という言葉をぼんやりと思い出していた。自分の体質的なものなのか、今まで虫歯というものができたことがなかったのだ。

治療後その歯を持ち帰ったわたしは、歯根の周りについていたまだみずみずしい歯肉をオルファのアートナイフでこそげ落とした。ピンク色の肉にナイフの刃先が当たるたび、ひやっとした鋭い痛みが頭をよぎる。思ったより筋がしっかりと歯にくっついていて、うまく剝がすのに時間がかかってしまう。自分で自分の標本を作っているような、不思議な気持ちだった。妙に厳かで、どこか葬送の手つきにも似ていた。なにも問題のない健康な白い歯を抜くことに、まったくためらいがなかったわけではない。なので、せめて綺麗な状態にして視界に入るところには置いておこうと思ったのだった。


数年ぶりにその小さなポリ袋を開けたのは、熱海のホテルニューアカオだった。

わたしには去年の夏に、泰地くんという新しい恋人ができた。彼は熱海のあるアートプロジェクトに森山泰地として参加していて、滞在制作する作家にあてがわれたニューアカオの使われていない旧館の一室に泊まっていた。なぜか出会ったときから不思議な懐かしさを感じた。顔がほとんど髭で覆われていて、腰まで届く長髪で体つきががっしりしているからか、どこかイエティのような存在感がある。泰地くんはいつもゆっくり言葉を選びながら喋る。会話の中に「二つ」といったような数字が出てくると、ごつごつした指を立てていちいち「二」を作ってくれるのがおかしい。

つきあい始めて一ヵ月くらい経った頃、じゃあわたしも来週あたりに熱海に行くよ、と泰地くんにメールしたとき、そうだ、歯を持っていかなきゃと思った。

わたしたちは微妙に離れたところに住んでいたし、それに加えてその時期はわたしがドイツに自分の展覧会の下見に行っていたり、泰地くんは自宅がある取手と熱海を往復していたりで、全然会うことができなかった。毎日ほぼ無人の薄暗いホテルで制作をつづけているわけで、どちらかというと泰地くんの方が寂しがっているように思えたが、それはわたしが東京でのんきな三人暮らしをしていることとも関係しているのだろうと思った。

あるとき、なにかコンセプチュアルなかたちで、離れたところにいる相手をそばに感じられるようなものはないだろうかという話になった。わたしはなかば冗談で、相手の体の一部を持ち歩くのはどうだろう、たとえば歯とか、と提案してみた。すると泰地くんは「歯、欲しい。めちゃくちゃ欲しい」とすごい勢いで食らいついてきた。

「じゃあ一本あげるよ。どうせうちに八本もあるし」

そう言った瞬間に、ほんとにいいの？　と目を輝かせて何度もわたしに確認してくる泰地くんは、どうやら本当に嬉しいようだった。こっちとしてはちょっと気持ち悪いこと言ってやったぞ、くらいのつもりだったのに、思いがけないポジティブな反応にちょっと面食らってしまった。

ふと、母のことが頭をよぎった。あなたの体はわたしの体でもあるのよ、と平然と言い放った母。この人は娘の身体を、今でもみずからの拡張された身体として所有している感覚でいるのだ、と知ったときのあのおぞましさ。それでありながら今わたしは、こうして恋人にかつて自分の身体の一部だったものを所有されることに抵抗を抱かないばかりか、むしろその謎めいた儀式のような状況に静かな興奮さえ感じてもいる。

この矛盾は何なのか。あるいはそれは、生きている歯と死んでいる歯で、そのものを取り巻く意味や関係性が劇的に変わるというだけのことなのか。普通に考えてそれはそうだ。その一本の歯は、かつてわたしであったものに違いないが、その瞬間、世界にただそれだけで存在している「もの」でもあるのだから。

その年の十月、久しぶりに熱海で再会した泰地くんは心なしか痩せたように見えた。

泰地くんはホテル旧館の二階にあるプール跡を使った巨大なインスタレーションの制作に取り掛かっていた。近くの浜辺から運び込まれたと思われる大量の石や砂利や流木が、プールの底に石庭のように並べられている。石たちはよく見ると微妙にそれぞれ質感や色、それと気配のようなものが異なっており、もしかしたら全然違う場所からばらばらに集められた石だったりするのだろうか、とも思う。プールの縁に立ったぼろぼろのTシャツを着た泰地くんは、石がつまった麻袋を肩に担ぎ、どこに何を配置するかを考えている。古ぼけた水色のプールの底に石や砂利が撒かれるたび、滝のような音が天井まで響き渡った。

石と石の間に挟まれるように、白い杖のようなものがぽつんと垂直に立っていた。よく見たらなにかの動物の骨のようだった。それも同じ浜辺に打ち上げられていたもので、たぶん猪か犬の脚の骨だろうということだった。血や肉は全くついておらず、綺麗なすべすべとした骨だった。

　泰地くんはプールの真ん中までホースを伸ばし、何か小さな銀色のものを設置した。それはタイマーがセットされたスプリンクラーで、時間が来るとプロペラのように高速で回りだし、あたり一面に細かい水の粒を撒いた。石や砂利、流木が静かに濡れる。なにかの動物の骨も濡れる。すべてのものの表面が、ゆっくりと濃い色に染まっていく。

　やがてスプリンクラーは音もなく止まった。外はすっかり暗くなっていた。窓ガラスの向こうの海は真っ黒で、遠くで波がコンクリートに打ち付けられる音が聴こえる。プールの底からは、かすかに雨の日の匂いがした。どこかから滴った、小さな水滴が平たい石に当たって跳ねた。その光景をわたしはたぶんどこかで見たことがあった。あるいは、まだその骨の動物がこの世界に生きていたときに、どこかで見た光景だったのかもしれなかった。


　その日の晩、泰地くんが泊まっている部屋で、どれでも好きなの選んでいいよ、と言ってわたしは小さなポリ袋の口を開いた。和室の重厚な茶色いテーブルの上に、八本の歯がばらばらと乾いた音を立てて散らばった。

わたしたちは造形的な視点でそれぞれの歯を観察した。親知らずはやはりボリュームの点で堂々としていて見劣りしない。ただ隣の歯に押されたためか歯根が若干ひしゃげていて、そこを味わいと見るかどうかが悩ましい。わたしの第一小臼歯は、上下で歯根の数が違う。上の歯は二本の歯根があり、どこかダンスしている脚にも見えて独特のひょうきんさがある。

泰地くんは長い時間悩んだ末、下の第一小臼歯を選んだ。あのクリオネのような、一番歯としての抽象度が高いやつだった。わたしもそれが気に入っていたので内心嬉しかった。左右でかたちが違うのでさらに悩んでいたが、最終的にあまり凹凸がなく、歯根がすべすべとした方を選んでいた。

だってこれはすごいレアな歯ってことでしょ、と泰地くんはずっと嬉しそうにしている。しばらくその歯を色々な角度から眺めたり、手のひらの上で転がしたあと、そっとティッシュで大事そうに包んでフィルムケースの中に収めていた。

なんでそんなに歯が好きなの、と聞くと「体のなかでいちばん石っぽいから」と言う。今日見たプールの作品を思い出す。なんだか妙に説得力があってちょっと笑ってしまう。

「いったいなにが、ああいうふうに泰地くんに石を拾わせるんだろうね」

泰地くんは少し黙りこんで考えたあと、ゆっくりとフィルムケースを握った手を開いて言う。

「それは、たしかにそこにあった。で、今はここにある」

わたしは反射的に舌で自分の歯茎を舐めた。

「だからいい」


熱海の展示が無事にオープンして、わたしはいったん東京に帰ることになった。インスタを見ると泰地くんの作品はけっこう人気で、多くの人が写真に撮っているようだった。

ある晩電話していて、そういえばあの歯はどうしたの、と何気なく尋ねてみた。

「たまに舐めてる」と泰地くんは少し言いにくそうに言った。眺めるためじゃなかったのかと驚くと同時に、とんでもない人と付き合っているような気がしてきた。それは歯を指でつまんで部分的に舐めるのか、それとも歯全体を口の中に入れて舐めるのかどっちなのか、となぜかわたしはさらに具体的な細部を尋ねた。

「口の中で転がすんだよ。飴みたいに」

　ふいにあの日の夜、プールの底でしとしと濡れていた動物の骨が思い出された。周りの名もなき石たちと少しずつ同化していくように、その白い骨はただ濡れ続けていた。ある石が過ごしてきた時間と、ある生き物が過ごしてきた時間は、もはや区別のつかないものになっていた。

　泰地くんの唾液のなかで、かつて確かにわたしだったものが、静かに小さな石になっていくのがわかった。

ぬいぐるみたちの沈黙

我が家のぬいぐるみはしゃべらない。より正確な言い方をすれば、よくあるわざとらしい声で、人間の言葉を話したりはしない。

現在うちには五体のぬいぐるみがいる。オリジナルとなるキャラクターがいるもの、現実世界の動物をリアルに再現したものと、それぞれの世界観はばらばらだ。全員性格も異なり、彼らは「むくみ」「もろみ」「うーちゃん」「でんぶ」「こんぶ」と呼ばれている。名前はすべて、彼らがやって来たその日のうちにわたしが直感でつけた。

最初に出会ったのは「むくみ」だった。十年前、玲児くんと渋谷でデートしていたとき、偶然入ったパルコのヴィレヴァンの片隅で売られていたのがむくみだった。

商品としては「やんやんマチコ」という見たこともない短編ウェブアニメの中に出てくるキャラクターをグッズ化したものらしく、フェルトの赤い頭巾をかぶった羊のような姿をしていた。

全長十五センチほどの、ぬいぐるみなのかキーホルダーなのかよくわからない中途半端な大きさだった。何よりそれはお世辞にもかわいいとは言いがたい顔をしていた。すすけたような黒い顔面に小さな三白眼の目が離れてついており、何がおかしいのかこちらを馬鹿にするかのように口元はにやりと歪んでいた。商品タグに描かれたアニメの「やんやんマチコ」は、ぱっちりした瞳で愛らしくこちらに微笑みかけている。目の前のこれが、製造過程における何らかのヒューマンエラーによってこのような顔になったのは明らかだった。わたしはなかば何かに突き動かされるように、他の「やんやんマチコ」たちには一切目もくれず、そのぬいぐるみを摑んでレジに持っていった。

むくみはそのような運命の下に生まれたせいか、だいぶひねくれた性格をしていた。そういう設定にしたのはもちろんわたしなのだけど、そのことを忘れさせるほどに、その卑屈で疑り深い性格がこの表情を作り出したのだとしか思えない顔つきをしていた。名前の由来は、むくむくしてるから、とかたしかそんな凡庸な理由だった。

しばらくの間、わたしがむくみと一緒に暮らしている様子を玲児くんは別にどうでもいいというふうに冷ややかに見ていた。しかし、だんだんわたしのむくみとの対話の仕方というのが、そんなに嫌なものではないというか、自分にとっても何か自然なやり方であるということがわかってからは、むしろ玲児くんの方が積極的にむくみと対話するようになっていったのだった。


ぬいぐるみと対話するとき、彼らの「声」というものをどう扱うかということが、各家庭で異なるのには子どもの頃から気づいていた。同じクラスのふみこちゃんの家に遊びに行ったとき、彼女がクマのぬいぐるみを片手で踊らせながら「ぼくハチミツがたべたいよう」と高い声で言ったことにわたしはびっくりした。それは自分の普段のぬいぐるみの扱いとまったく違うものだったからだ。

わたしには当時、全長三十センチくらいのルルという大好きな犬のぬいぐるみがいた。ルルは一切しゃべらなかった。手をばたばた動かしたり、ぐらつく首を振ったりして、何らかのジェスチャーをこちらに伝えるのみだった。もちろんルルの体を動かしているのは他ならぬわたしだったが、わたし自身がルルの声を出すのは、何かが違うということはわかっていた。

わたしたちの対話にはいつも時差があった。わたしは今ルルが何をしたいのかを、いつも隣で想像して尋ねてあげた。

「おなかがすいたんだね」

そう言うと、ルルは遠慮がちにこくんとうなずいた。

ふみこちゃん、わたしならきっとあなたの顔を見ながらこう言う。「ハチミツがたべたいんだって」そのクマは、きっとぶんぶん首を縦に振ってうなずくだろう。

今思い返してみれば、わたしはいささか頑固な子どもだったし、何よりこだわりが強すぎた。わたしは自分とまったく違うルールでぬいぐるみと対話しているふみこちゃんに困惑し、心のどこかで憤ってさえいたのだと思う。

大人になったわたしは、当たり前だがそんなことでいちいち苛立ったりはしない。でも、玲児くんのむくみとの対話の仕方が、わりと自分に近いものであるとわかったとき、どこかほっとしてしまった自分がいた。この人は、ぬいぐるみをしゃべらせる人ではないのだ。

玲児くんはよく、他のぬいぐるみたちがちやほやされていることに、むくみが嫉妬して不機嫌になってしまうという状況を作って楽しんでいる。そういうとき玲児くんは、片手でむくみを自分の耳元に持っていき、うんうん、と首を振っている。言い分をきいているのだろう。

「むかつくんだって」

玲児くんがわたしの方を向いて言う。

「まあ、しょうがないよね。生きてればそういうこともあるよ」

玲児くんの手のひらの上でむくみが地団駄を踏むたび、中からじゃっ、じゃっと小豆のような音がする。わりと大きなその鈍い音は、むくみの苛立ちをよく表現できている。

「でもすごくいやなんだって」

玲児くんはその首をつまんで小刻みに横に振っている。


不思議なことに、わたしのこの葛藤が生じるのは、相手がぬいぐるみの時だけなのだった。リカちゃんなどの人間を模した「人形」と対話するときは、わたしは普通に彼女たちを操りながら「わたしのヘアブラシはどこかしら」といった台詞を何の抵抗もなく口に出してみせた。

人間のかたちをしていない生き物が、人間の言葉をしゃべること、あるいはしゃべらされていることが怖かった。怖いというより、自分たちが彼らに成り代わって何かをしゃべるのは、果たしてよいことなのだろうか、という漠然とした不安があった。

なので、当時のわたしはどちらかといえばディズニーよりもトトロやピングーのアニメを好ましく思っていた。彼らの声は「ぐあああおお」だとか「うぇっくうぇっく」といったような音で表現されており、そういったよくわからないものをわからないままに聞いているのは不思議と心地が良かった。彼らが何を語っているのかを正確に理解はできないけれど、そこに何らかの意思が存在していることだけはわかる、そういう種類の声だった。けして人間の言語とは交わらない声が、ただごろっと不気味なもののままで存在していることに、わたしは強く惹きつけられたのだった。

いつだったか、大学を卒業したての頃に住んでいた団地の敷地内で、ペンキの剝げた古い立て看板を見つけたことがある。そこにはしょんぼりと寂しそうにうつむく、下手くそな猫と犬とおぼしきイラストが描かれていた。そこには、丸っこい手書き風のフォントで「めいわくですから　ぼくたちこの団地には　すめません」という言葉が添えられていた。

わたしは、心の底から醜い看板だと思った。そこでは、その猫と犬とおぼしきものが、自らを「めいわく」な存在だと申告し、申し訳なさを感じていることにされているのだった。

わたしはもともと赤ん坊とか動物がこういう大人の作った台詞をしゃべらされる広告が好きではないのだけど、この看板の中には、さらに別の邪悪なものが含まれているような気がした。こういう看板を作れてしまうものたちはいつか、自分たちと違う肌の色をした人々のイラストに「めいわくですから　ぼくたちこの国にはすめません」とかいう文言を平然と添えたりするのではなかろうか。そんな暗い気持ちでそばを通り過ぎたのを覚えている。

話をぬいぐるみに戻すと、厳密に言えばむくみは一切声を出さないわけではない。たまに機嫌がいいときなどは「おっおっおっ」というリズミカルな声を出すことがある。もちろんそれは玲児くんが出しているのだが、その声はトトロやピングーの「ぐあああおお」や「うぇっくうぇっく」に近いものであり、人間の言葉をしゃべらないというわたしたちのルールはぎりぎり守られている。

他のぬいぐるみたちに嫉妬しているむくみの横で、「ぼくむかついたよう」と口にすることと、「むかついたんだね」と口にすることの間に、実際どれほどの隔たりがあるのだろうとも思う。結局わたしたちも、利口な通訳にでもなったようなふりをして、むくみの言葉を勝手に代弁しているだけではないのか。わたしたちのルールはあちこちほころびだらけで、それでもなお、自分たちには聞こえない地平に、むくみの声があると信じているのだった。

「うーちゃん、行ってくるよ」

と言って、玲児くんはうーちゃんを自室のコンセントの前に座らせてから仕事に向かう。うーちゃんはわりとリアルなフクロギツネの姿をしていて、作りがしっかりしたオーストラリア産のぬいぐるみである。あまり賢いとはいえず、意地悪なむくみにいつも騙されていて、でもうーちゃんはそんなむくみのことを尊敬してもいる。

仕事から帰宅すると、玲児くんはコンセントの穴から目を離さないうーちゃんを見て「うーちゃん、ずっとそんなことしてたのかい」と言う。玲児くんは疲れて帰ってきたときに、そこに今日一日どういう時間が流れていたかを想像して楽しむために、あらかじめぬいぐるみたちをセットしてから出勤するのである。とても真似できないと思う。

自分が眠っているときにおもちゃが動いていたら、という子どもの夢を視覚化してくれたのが『トイ・ストーリー』という名作だったわけだけれど、「自分がぬいぐるみの姿を見ていない限り、ぬいぐるみたちが動いている可能性はそこに残り続けている」ということをストイックに実践しているのが玲児くんなのだろうと思う。

以前、わたしが思いついた画期的な遊びがあった。それは家のぬいぐるみたちと一緒に「だるまさんがころんだ」をするというものだった。人間が二人必要で、一人は背中を向けて鬼になり、もう一人は周りのぬいぐるみたちを急いでセットしつつ、自分も前に近づいていく。

鬼が掛け声とともに振り返るとき、ぬいぐるみたちは畳の上でばらばらに静止している。その瞬間、ぬいぐるみたちは頑張って息を止めているのだろう、といういじらしさに似た倒錯が、心の中にふっと湧いてくる。

「静止する」というルールが、人間にもぬいぐるみにも課されている状況であれば、わたしたちとぬいぐるみは、同じ時間の流れの中に並置されたものとして互いをみとめることになる。次の掛け声でわたしが振り返った瞬間、すぐそこまで来ていたむくみと目が合った。その隣のうーちゃんを見ると、うーちゃんもわたしを見ていた。彼らと目が合うとか、そういう感覚になるのはあまりないことだった。

彼らの周囲には、何かしらの予兆のような沈黙が満ちていた。ここにいるものは決して動いてはならない、というわたしの命令によって、その沈黙はどんどん濃いものになっていったのだった。再び背を向けて壁にぴったり顔をつけると、彼らが近づいてくるかすかな気配が、背中にむずがゆく感じられた。

ぬいぐるみの声を直接わたしはこの先も聞くことはないだろうとは思うし、彼らが何を考えているのかをわたしは知る由もない。けれど、確かにその瞬間、畳の上のわたしの身体は、彼らの生とともにあったのだった。

労働と蕩尽

フランクフルトに来るのはこれで二回目だった。前回が会場の下見で、今回が展示およびパフォーマンス公演の本番なのだった。時差ボケでどろどろに溶けた脳みそが、機内で凝り固まった首の上で揺れている感じがする。

中央駅の地下鉄に降りたとたんに酸っぱい下水の臭いが鼻にツンと刺さって、ああ外国だなあと思う。からからに乾いたフライドポテト、どこかのゴミ箱の中で腐っているリンゴ、ネズミの死骸。ニューヨークの地下鉄もだいたいこんな感じだった。すべての地上の営みのツケが、ぐずぐずに煮込まれたような臭い。日本の地下鉄はなぜあんなに無臭なのだろうと思うと、逆に不気味でもある。

今回わたしはテアター・デア・ヴェルトという国際演劇祭に展示とパフォーマン

スで参加することになっていた。直訳すると「世界演劇祭」といういかめしい名前で、ドイツで八〇年代から三年ごとに都市を変えながら開催されている歴史ある演劇祭である。

今年はこの演劇祭史上初めて、非欧州圏出身である相馬千秋さんがプログラム・ディレクターとなった。相馬さんに声をかけてもらったとき、わたしみたいな畑違いの人間がそんな立派な演劇祭に参加していいものなのかとびっくりしたが、相馬さんがずっとそういった美術と演劇の領域横断的な仕事をしてきたのは見ていたし、ドイツの観客にどう自分の作品が受け入れられるのか興味があった。

滞在が十八日間と長いので、演劇祭がアパートを取ってくれた。フランクフルトの中心からは少し西側の郊外で、ベッドタウンという感じなのか周りにはわりと新しいマンションが立ち並び、その隙間に小さめの公園があった。道行く人々ものんびりしていて、どこか多摩地域っぽい雰囲気を感じる。あるいは背の高い、幹のしっかりした街路樹の多さがそう思わせるのかもしれない。

IHのついたキッチンと、適度な大きさの机がある小綺麗なアパート。中央駅のむせかえるような喧騒から離れられてわたしは少しほっとしていた。四階の部屋の窓からはちょうど向かいのベトナム料理屋が入った建物の赤い屋根が見え、東京で見ていたものと全く変わらない青空の上を、雲がゆっくり流れていった。見慣れぬ瓦のかたちや、荒削りなレンガの並び、その上をぴょんぴょん飛んでいる小鳥のくちばしの色、それらが視界の隅に入らなかったら、わたしは自分が今どこにいるのかわからなかっただろう。日本で生まれたわたしと、ここで生まれたわたしは、果たして違う人間になっただろうか。異国の窓から空を眺めると、いつもそんな妙な気持ちになる。

美術館に移動すると、スタッフたちがばたばたと展示室の中を動き回り、施工を進めていた。わたしにはまず解決しなければならない難題があった。わたしは複数のビデオ作品を展示する予定で、あらかじめ白い仮設壁を立ててもらって、その壁面にプロジェクションをしたいという要望を出していた。しかし実際に会場に来てみたら、そこにはごつい金属の四角いフレームにスクリーンが張られた、ライブイベントで使うようないわゆるスクリーンが届いていたのだった。しかもなぜか画面の比率も間違っている。

その写真が飛行機搭乗前に送られてきたとき、ずっと自分が「スクリーン」という言葉を使ってドイツのチームとコミュニケーションしてきたことを心底後悔した。

この展覧会の主催が美術館ではなく演劇祭であるということを想像しきれていなかった。美術の展示におけるスクリーンといえば、だいたいは「映像を投影するための堅牢な白い平面」のことだと日本では解釈される。それもおそらくはすごく狭い業界の特殊な語彙で、ドイツの舞台施工の現場に伝わるわけがなかったのだ。

この床に置かれたでかいプロジェクターに白い箱を被せて目立たないようにして欲しい、と言っても「上に白い布を被せるだけじゃ駄目なのか？」と言われる。なぜこんな細かいことにこだわるんだとでも言いたげに、彼らは首を傾げて渋々木材を切り始めた。舞台の世界では、役者さえ出てくれれば施工の多少の粗さは背景に引っ込んじゃうかもしれないけど、美術はそうじゃないんだよ、なぜここに「これ」があるのかってことに全部意味が発生しちゃうんだよ、と伝えたかったが、自分の英語力に限界を感じ諦めてしまった。

誰のせいでもない。彼らが悪いわけでもない。彼らは淡々と自分たちの労働をこなしているだけであって、そこにこちらの論理で「もっと美しくやってくれ」と要求すること自体無茶な話なのだろう。

自分のアーティストフィーから材料費を捻出してスクリーンを作り直せないだろうかと思ったが、海外で自分のフィーを削って何かをするのはプロフェッショナルじゃないとみなされるからやめたほうがいい、と言われてしまう。たしかにアーティストが変な自己犠牲を払ってる姿を周囲にみせるのは良くないよなとも思いつつ、どこか釈然としないものも感じていた。ある人間が自身の「今これがやりたい」という欲望のために、自分の報酬をどういうふうに使おうが、たとえそれが高級食材をお腹いっぱい食べることにせよ、遠く離れた国へ旅行に行くことにせよ、ある美術館で自分の作品が綺麗に映える壁を立てるにせよ、何か本質的な違いはあるのだろうかと思ったのだった。

おそらくそれは現代のまっとうな労働者としてのアーティストの態度としては間違っている。すでにアーティストたちはこの業界の搾取構造の中に取り込まれていて、わたし自身、展覧会に参加してあまりの謝金の少なさにびっくりすることは今まで何度もあった。展覧会の広報物のデザイナーの方が謝金が高かった、なんて話はザラにある。

一方で、なかなか言葉にしにくいことではあるけれど、そういったアートという営みにまつわる「労働」と「欲望」を、綺麗に切り離すことなどできるのだろうかとも思ったりする。言ってしまえば、わたしは制作に自分の貯金をつぎ込むのが大好きなのだ。それは作品のクオリティを上げたいとかそういうことももちろんあるけれど、単純に「こんな意味があるのかどうかわからないことに大金を注ぎ込んでいる」という事実自体に、脳内で大量のアドレナリンがびゅるびゅると出てくるのだった。ちなみにわたしは別に金持ちでもなんでもなく、家賃一人当たり四万円の古いマンションに三人で暮らす三十代の女にすぎない。もちろん破産してしまっては元も子もないのでちゃんと財布のセーブはしているけれど、大規模なアイデアを実現させるとき、高額な見積書の額面を見てゾワゾワとスイッチが入るあの瞬間の快感はいったいなんなのだろうと思う。

　また、わたしは他の作家の作品が無性に欲しくなって買ったりもする。もちろんそこにあるのは一番には所有欲なのだけれど、まだこの世界で意味付けられていない、わけのわからない「もの」に、先方が一方的に決めた決して安くはない額面の金銭を支払うという、その特異な儀式性自体にわたしは強く惹かれているのだと思う。

　それはたとえば、このフライドポテトを買うには百九十八円のお金が必要です、この世界ではこれとこれが等価なものとして存在しています、といったような周囲のありふれた経済の法則が、このわけのわからない局所的な等価交換によって一瞬土台からぐらっと揺らぐような感覚を得られるからなのかもしれない。「生産的」

な消費と「非生産的」な消費を区別し、後者のように無意味で無駄なものを「浪費」しまくることが人間の生を回復するのだ、みたいなことを書いていたのはたしかバタイユだったと思うけれど、わたしはたぶん元々そういうことに欲望してしまう人間なのだと思う。

そのわけのわからない「もの」と自分のあいだで、あなたと同じ価値を持つのはこれなんです、ということが造幣局で製造された貨幣を介してみとめられるとき、わたしはこの世界に対してどこか、ざまあみろ、と言ってやったような気持ちになる。

そうした自身の労働をめぐるややこしい思考とは裏腹に、展示自体は目を凝らせば粗さは目につくものの、なんとかよい形にまとまりそうだった。こちらの意図を汲んで動くということを一切してくれないドイツ流のコミュニケーションに最初は戸惑ったけど、ちゃんと毎回して欲しいことを言葉に出す必要があるのだとわかってからは、だいぶ作業がうまく進むようになってきた。彼らがケースで持ってきた瓶ビールを展示室内で一緒に飲んで、ようやく落ち着いた気がした。

今回わたしが相馬さんに公演を依頼されたメインの作品は、『鍼を打つ』というコロナ禍の二〇二一年に制作された参加型パフォーマンス作品で、鍼師による実際の鍼治療と、イヤホンから聞こえる音声の作品経験が同時にベッドの上で行われるという特殊なものだった。高さ四メートルくらいはありそうな半透明の白いカーテンで覆われた空間に、体験者六台ぶんのベッドが放射状に並んでいる。枕元のスタンドライトが点くと、白いシーツと枕の上に黄色い柔らかな光が落ちた。白いカーテンのドレープが光に透けて、向こう側を歩く人々のシルエットがぼんやりとゆらめいている。

このパフォーマンスに参加する体験者はまず、ベッドの上に置かれた様々な内容を含んだ百五十問の設問が書かれた問診票に答える。「下痢しやすい」「腰痛がある」「心臓がどきどきすることがある」といった、病院で見かけるような一般的な設問の中に、ときどき妙な設問が混ぜ込まれている。「透明なものより不透明なものの方に惹かれる」「国境はなくてもいいと思う」「自分の痛みには敏感だが、他人の痛みには鈍感だ」「かつて海にいたことがある」……など。聞かれてもよくわからないような設問に答えたあとで、体験者の前に白衣を着た一人の鍼師が静かに現れる。

この時点で、この人を本物の鍼師だと信じていいのかどうかは体験者にはわからないだろう。微かな緊張の中で、鍼師はその奇妙な問診票を読み、目の前にある一人の人間の状態を解釈し、治療の方針を定めていく。枕元にはスタンドライトのぼんやりとした薄明かりが点っている。ふたりのあいだに言葉は一切交わされることはない。しばらく時間が経ったあとで、鍼師はベッドの上に横たわった体験者の腕をとり、脈をはかる。そして、ゆっくりと鍼を打ち始める。

わたしはリハーサルの風景を眺めながら、六台のベッドに横たわる人々の体に今起こっていることを想像した。鍼師のチームは、東京の初演時に参加してくれた二名の日本人の方と、ドイツで探した現地の鍼師の方たちで構成されている。わたしはリハーサルの直前に、たどたどしい英語で彼らにこんなことを伝えた。

「わたしは、あなたたちのそれぞれのやり方を尊重します。確かに演出はありますが、あなたが普段、自分の医院でやっているようにやってください。ただ、目の前にいる人を、患者としてではなく一人の人間として、本気で解釈してください」

彼らは普段と違う状況で鍼を打つことに対して少し戸惑いを覚えつつも、今回のわたしのパフォーマンスに興味を持って参加してくれた。わたしが、できるだけ普段と同じように治療をしてほしいと言ったのは、彼らの労働の領域と、芸術の領域が、できるだけ互いを尊重するかたちで交わればよいと思ったからだ。無意味で抽象的な内容の問診に対し、それを解釈して、鍼を打つ場所を考えるという行為が、生産的な行為に当たるのかそうではないのかはよくわからない。ただ、一人の人間がある個人の状態を観察し、それを「善くする」ための道筋を彼らの体の上に描いた、という事実だけはたしかに残るはずだった。

ちなみにこのパフォーマンスに参加したい観客は、この体験のための有料チケットを買い、その回のベッドを予約することになっている。ある意味、施術者に治療費を払うという当たり前の生活圏上の関係が観客によって美術館内でパフォーマンスされているようにも思えて、それもちょっと面白く思ったりする。

体験者が耳につけているイヤホンからは、やがて女性の声で、先ほど自分が答えた問診票の内容がぽつりぽつりと断片的に語りかけられる。自分にとって当てはまるものと、そうでないものが混じったそのナレーションからは、それが誰の体について語られている言葉なのかはわからない。

うっすらと透けたカーテンの外側から、わたしは細い銀色の鍼が彼らの身体のあちこちに打たれていくのを眺めている。想像の中で、微かなびりびりする痛みと同時に、誰かに体を預けることへの抗いがたい官能のようなものが、彼らの体を通して伝わってくる。

わたしたちは他者に触れられることなしに、自分の体のかたちを知ることができない。わたしたちの身体の中で起こっている問題と、その鍼が打たれた場所の因果関係を、わたしたちは知ることができない。有用なものと、無用なもののちがいを、本質的には見分けることができないように。

やがて鍼師は体験者の手の甲の上に、自分の手のひらを重ねる。それがしっとりと湿り気を帯びはじめると、肌の向こうで、すっかり互いの体が液体になってしまったような感じがする。ベッドの上に横たわり、微かな寝息を立てている体のなかを、熱い血液がどくどくと巡り続けている。

マイホーム

一子ちゃんが久しぶりにうちに来た。一子ちゃんというのは写真家の植本一子ちゃんのことで、お互いの家も電車一本で行けるくらいの距離だったりする。それでもあまりしょっちゅう入り浸るという感じでもなかったのは、一子ちゃんがうちに来るときというのは、何かあまり彼女の気持ちの状態が良くなかったり、あるいはその回復に向かう途中だったり、何らかの経過報告をぽつりぽつりと聞きつつご飯を一緒に食べるという感じだったからだと思う。

一子ちゃんはそういうとき、変に遠慮して卑屈になるわけでもないし、いつも気のきいたお土産を持ってきてくれる。そういう一子ちゃんにとってもまだ言葉にならないものを、ご飯と一緒に咀嚼していくプロセスに立ち会わせてもらっているようで、こちらも毎回なんだか嬉しいような気持ちになるのだった。

その夜、玲児くんが作ってくれたスペアリブのグリルをみんなで食べていると、ふいに一子ちゃんが、パートナーと関係を解消したんだ、とつぶやいた。縁を絶ったわけではなくて、一年間くらい距離を置くことにした、と。そうなんだ、とわたしは言う。彼も一度だけ、一子ちゃんと一緒にこの家に来たことがあった。そのときもみんなでこのちゃぶ台を囲んでご飯を食べた。

当時の一子ちゃんは彼に対する執着にだいぶ苦しんでいるように見えたし、嫉妬からくる不安で彼の家まで駆け出して行ってしまったこともあるという。しんどすぎて駅のホームのベンチから立ち上がれない、というラインがわたしに送られてきたこともあった。

今、目の前にいる一子ちゃんの表情は、その頃とは別人かと思うくらい、まっすぐでぷりっとした、透明な芯のようなものに支えられているように見えた。それが最近彼女が継続的に受けていた、お母さんとの関係を扱うトラウマ治療の効果だということは明らかだったけれど、時折、一子ちゃんの瞳の中の光だとか、声の端々だとかに、微かに震える気配のようなものを感じた。まだ心の中でうまく制御できないものが人前に晒されるとき、人々を媒介にしてその人の顔の上に見えない残響のようなものが生じることがある。楽器の弦みたいな人、と思う。わたしはあえて見ないふりをして枝豆の皮をむいた。

一子ちゃんのことを知ったのは、もう何年も前に、玲児くんの本棚にあった彼女の著書をたまたま読んだのがきっかけだった。石田さんというパートナーとは別に恋人がいて、石田さんもそのことを知っていること。お母さんとの関係が決して良いものではなく、それが呪いのように彼女自身を蝕み続けていること。あまりに自分と境遇が似すぎていてびっくりした。

そしてだんだん、そのパートナーに対する尋常ではない見捨てられ不安が、お母さんとの関係の中でうまく形成されなかった愛着の部分に起因することに一子ちゃんは気づいていくことになる。最近出版された『愛は時間がかかる』という本では、まさにそのトラウマ治療の過程が書かれていた。

当時のわたしといえば、つきあっていた玲児くんとは別に晋吾と関係を持ってしばらくたったくらいの頃で、直接それを玲児くんに打ち明けることからなんとなく逃げ続けており、結局新宿の鳥貴族で晋吾が玲児くんに直接そのことを伝えることになった、というくらいにはいいかげんな女だった。もちろん今までそういう生活に関するインタビューなどでは「玲児くんとの関係は友愛に近いもので、お互いに付き合うということが相手の行動を制限したり、相手の首に鎖をつけるようなこととは違うという話をしてきました」みたいなことを話してきたし、もちろんそれは事実ではあるのだけれど、それが世間に対し「わたしは正しいことを実践しています」というふうに映るのも何か違うなという気がしていた。

実際は、そういう誠実さとは程遠いずるさだったり、自分が性的に欲情されることに対する固執だったり、見捨てられ不安からくる独占欲だったり、そういう非合理的でどうしようもない部分がたくさんあるにもかかわらず、記事上では自分がすごくまともでちゃんとした人間であるかのように見えているのだった。

当初、自分は「ポリアモリー（複数愛）」の人間だと名乗るべきなのだろうかと思うこともあったし、当事者の人が運営する交流会に顔を出してみたこともある。だけど、実際に自分がそういった関係の当事者になってみて、抑えきれぬ嫉妬のために疲弊し、周囲の人を散々傷つけたあとで、もう自分からそういうことを言うのをやめようと思った。

嫉妬の感情は非対称に起こりうる。こういうことがあまり自分から言葉にされることがないのは、それがあまりに身勝手な種類の感情だからだと思う。一人の女が二人の男と同時に暮らしていながら、その男たちはお互いには全く嫉妬という感情を持たず、女だけが彼らの（まだ見ぬ）恋人に対する嫉妬に狂うということは起こりうるのである。

ポリアモリーの基本的な前提となるのは、わたしの理解では、自分にかかわるすべてのパートナーに互いの関係性を開示し合うことに、全員が合意しているという状態である。そういったポリアモリーの持つ極めて倫理的で清潔な空気感に、本当はわたしは最初から居心地の悪さを覚えていたのかもしれない。

わたしが愛する人が、わたしに見えないところで秘密を持つ自由だってあるだろう、と思う。でも、その秘密を知ったらちょっと嫉妬でどうにかなってしまうだろうから、絶対にそれをわたしには隠し続けて。わたしに見えないところで、あの人への手紙を書いて。おそらくこう書いている時点で、わたしはすでに相手の行動を支配してしまっている。

相手に対する支配から逃れる恋愛とは可能なのか。そういう倫理的な問いと、自分の感情のあいだで引き裂かれながら、「わたしが恋をするのはこの家の中ではない」と認めるまでにずいぶん長い時間がかかってしまった。二人がわたしを恋愛対象として見ることがなくなっても、それでも二人と暮らすことは楽しかったし、玲児くんも晋吾も、当面は続けていけるといいよねと言ってくれた。二人には何度も長い話し合いに付き合ってもらったと思う。そうして徐々にわたしの中でこの三人の関係は、とくに名前があるわけではない、しいていえば毎日集まる親戚のような、友愛に近いものへと変わっていった。他の二人が現在どう思っているかわからないけれど、そんな暮らしももう始めて四年が経過している。それは決して簡単に切り替えられるような感情ではなかったけれども、ある種自然の帰結だったのだろうとも思う。

おそらく、わたしのこういう性質は「複数の人間を同時に愛する人間である」といったような恋愛スタイルの問題というよりは、「誰かに見捨てられることのない、無条件の安心と愛情を求めてしまう」といったような生存戦略のあり方というか、もっと根深い部分にあったのだと思う。

一子ちゃんは自分でそれに気づいたのだ。わたしは、彼女の新刊で書かれていたのと同じトラウマ治療をやっているところを探して受けてみることにした。

「たぶん、この記憶からやっていった方がいいと思います」

と先生が指したのは、大きくそこでガクッと下がっている、折れ線グラフ上の十四歳にあたる箇所だった。今までの人生の三十五年間で、自分にとって幸福だった記憶、幸福ではなかった記憶をもとに、折れ線グラフを作るというワークシートが宿題で出ていたのだった。その具体的な記憶を、それぞれ十個ずつ箇条書きで並べるというものもあった。

「お母さんにシャワーで溺れさせられそうになった、とありますが」

カウンセリングルームはどこか中学校の保健室を思わせるような、全然お洒落とは言い難いしつらえをしていた。先生は眼鏡をかけた男性で、年齢不詳だったが、そんなにわたしと年は離れていないように思えた。

「まあ、たぶん一番命の危機を感じたのがそれだったので」

先生は静かにまっすぐこちらを見て頷いた。

「わかりました」

ワークシートに回答するのは大変だった。べつに辛かった記憶を掘り起こそうとして、フラッシュバックが起きるとかそういうことではないのだ。むしろ、「これくらいのこと誰でも幼少期に経験してるんじゃないのか」「わたしよりもっと辛い人なんて山ほどいるだろうに」という困惑と申し訳なさに似た気持ちが、シャーペンを持つ手を何度も躊躇させるのだった。

母の化粧品を黙って使ったのがバレて、風呂でシャワーの水を顔に押しあてられて溺れさせられそうになったこと。いったんヒステリーが起こると手がつけられなくなり、深夜まで延々と怒鳴り続けられたこと。三日に一回くらいの頻度で夕飯がそういう雰囲気だったこと。わたしがお腹を壊していると、トイレのドアをいきなり開けられること。抱きしめられたり撫でられたりした記憶がほぼないこと。玄関から追い出されて、ドアの内側からチェーンロックをかけられたこと。携帯の中身を勝手に見られること。「ブス」とからかわれること。暴れる母を止めようとした父の腕に、爪で引っ掻かれた桃色のミミズ腫れが浮かんできたこと。怒りに任せてこちらに物を投げつけてくるけど、それは箱ティッシュなどの軽いものばかりで、一応当たっても怪我しないものを母なりに選んでくれてはいたこと。

十個の記入欄に収めるためには、この中からいくつかさらにエピソードを選別しなければならない。この程度のこと、世界中の家庭にいくらでもあるに決まってる。今さらこんなことを書いて、わたしは母をどうしたいというのだろう?

「そのシャワーの記憶を思い出すとき、どんなことが浮かんできますか」

わたしは、なんとなくそう振る舞った方がいいような気がして瞼を閉じた。

「家のお風呂に裸で浸かっています。壁のタイルの色は白です。母は、泣きそうな顔でわたしに向かって怒鳴っています」

「他にはどんな感じがしますか」

「顔にシャワーの水が当たって息ができません。鼻の奥に水がゴボッと入りました。死ぬのかなと思っています。苦しいです。怖いです。やめてほしいと思っています」

先生は、もし辛かったら無理しなくていいですからね、と前もって言ってくれていた。別に辛いわけではなかったし、むしろそこには何か子どもの告げ口にも似た愉悦の感覚すらあった。自分がこのままこのやりとりを続けていいのかよくわからなかった。わたしは先生にそのことを正直に言ってみた。

「こう喋っているうちに、自分がなにか過去の記憶を書き換えてしまってるんじゃないかと、そっちの方が不安になるんです。相手を責めたい思いから、だんだん話を盛りたい気持ちが湧いてきてしまう。自分の被害者としての立場を過剰に強調して、そういう語り口で話しているんじゃないかという気がするんです」

先生は大きく頷きながらそれを聞いていた。そして、ゆっくりとわたしの目を見て答えてくれた。今の百瀬さんがそれを言葉にしていることが大事なんです、それでいいんですよ。正確には思い出せないが、そのような主旨のことだった。

ふと母のことを思った。もしかしたら当時の母には、それでいいんですよ、と言ってくれる人が誰もいなかったのかもしれないと思った。母と父はもう同じ寝室では寝なくなっていた。そしてその頃のわたしは、母にそんな優しい言葉を絶対にかけてやりたくはなかったのだ。

怒鳴り疲れたあとで母は、いつも安っぽい花柄のテーブルクロスの上に突っ伏して、時おり唸り声を漏らしながら一人で泣いていた。自分が何に憤っていたのかもわからなくなって、まるで制御できない乗り物の上で怯える子どものようだった。それは今のわたしが泣くときの姿によく似ていた。


あるインタビューで、わたしが一緒に暮らしている晋吾と玲児くんのことをときどき「家族」と呼んでいることに対して、「でもそれを家族と名づけることは、伝統的な価値観を再び呼び込むことにはなりませんか」と尋ねられたことがある。鋭い指摘だなと思ったし、実際そういうふうに思う人もある程度いるだろう。

わたしはそのとき、「けして一般的な家族とは呼ばれるはずのない関係性のものたちが、ごくふつうに家族という名称を使うことで、従来の言葉の意味を攪乱したり、言葉の意味を内側から書き換えたりすることもできるんじゃないでしょうか」

といったような返答をした。

実際のところ別に名前自体はどうでもいいとは思うが、必ずしも恋愛にもとづかない関係をときどき家族と名乗ることができたりする社会になったらいいのにな、とは心から思う。

けれど、わたしの中にある「家族」への固執は、おそらくもっと身勝手で、ままならない何かに紐づいている。自分の心と体が誰にも支配されることのない家を、安心して帰れることが約束された家を、わたしはこの手で作り直したかったのだと思う。そうすれば、かつて若き日の母が夢見ていただろう幸せな家族のことも、そしてそれが母自身の中に生じた亀裂によって砂の城のように崩れ去っていったことも、いつか受け入れられる日が来るのかもしれない、と。


「実際、こんな暮らしが成り立ってるのはつくづく自分でもすごいと思うよ」

わたしは枝豆を口の中に放りながら、一子ちゃんにそう呟いた。わたしの隣にはもうすぐ付き合って一年くらいになる泰地くんが座っていて、酔っ払い海老の尻尾をじゅるじゅる啜っている。ここはますます人口密度の高い、わけのわからない家になっている。狭いちゃぶ台の端からは今にも皿がこぼれ落ちそうだ。

「ももちゃんは、あのとき貰えるはずだった愛情を今みんなから受け取ってるんだよ」

そう言って一子ちゃんは子どもみたいな顔でにんまりと笑う。前から思ってたけど、晋吾が撮ってくれる家にいるときのすっぴんのわたしは、一子ちゃんにわりとよく似ている。あるいは、もう一度子どもを生き直す必要があった人というのは、だいたいこういう顔をしているのかもしれない。

みんながお皿を片付けてくれて、マンションの下まで降りて、玲児くん、晋吾、泰地くんと四人で一子ちゃんを見送る。またいつでもきてね、と玲児くんがハンディカムを回し始める。どんどん小さくなっていく一子ちゃんの背中は、いつまでもこちらに手を振り続けていた。

続・マイホーム

「まず、百瀬さんにとって安心できる、心が落ち着く空間を具体的にイメージしましょう。どんなものでも構わないのですが、何かイメージできますか」

　前回通されたのと同じ、味気ないカウンセリングルームで、わたしは先生とふたり向かい合って座っていた。テーブル脇のゴミ箱には、ちょうどリンゴなんかがよく包まれているようなネットの緩衝材が捨てられていた。患者さんがくれたフルーツを食べたりしたのだろうか。

　わたしは忘れっぽいので、比較的最近の、新鮮な記憶でないと具体的な細部を思い出すことができない。安心、と聞いてすぐ頭の中にぱっと出てきた、ちょうど先月ウィーンに行ったときに泳いだドナウ川のほとりで、水着のまま芝生に寝転んでいるイメージを先生に伝えた。

自分のつま先が見えます。川の水で冷えた体が、太陽で温まった地面の上で温められて気持ちいいです。麻のラグ越しに芝生の柔らかさを感じています。とてもふかふかしています。

「なるほど、いいですね」

先生はメモをとりながら大きく頷いた。なんだかいかにも瞑想アプリとかで使われそうな、ありふれた風景描写をしてしまった自分がちょっと恥ずかしかったが、こんなところで見栄を張ってもしょうがない。

「もし治療が途中で辛くなったら、その場所を思い浮かべるようにしてください」

この陳腐なイメージが、どれくらい自分の助けになるのかはよくわからなかった。なるべくそのときに体がただ感じていたこと、肌にぺたりと張り付いた水着が日光で少しずつ温められていくときの生ぬるさとか、風が濡れた髪を撫でるときのすうっとする冷たさとか、そういう感覚の断片を無理やり意識の隅にかき集めておいた。

トラウマ治療のためのカウンセリングを数回経て、いよいよわたしはＥＭＤＲというものを始めることになった。ＥＭＤＲとは「眼球運動による脱感作と再処理法」と呼ばれるもので、トラウマとなった経験を思い出しながら自分の眼球を左右に動かすという、ちょっと拍子抜けするほどシンプルな心理療法である。どうして眼球を動かすことが心の傷に効果があるのか詳しくは解明されていないようだが、どうやら右脳と左脳の連絡と、記憶の処理が関係すると考えられているらしい。わたしたちが普段夢をみているレム睡眠中は、実はさまざまな記憶の整理や取捨選択が行われている。そしてそのレム睡眠のあいだ、眼球はまぶたの奥でずっと小刻みに動き続けているそうなのだ。何も映し出さない瞳が自分のあずかり知らないところでぎょろぎょろ動いている様を想像すると、ちょっと不気味でもある。いわばこの治療は、意図的に眼球を左右に動かすことによって脳にレム睡眠中と似た活動を起こさせ、記憶の整理を促すというものらしかった。

「それではまず、前回やったように、お母さんに無理やり顔にシャワーの水を当てられた記憶をイメージしてください。そしてそれをイメージしながら、《わたしには生きている価値がある》という言葉を同時に思い浮かべてください。そのとき、今現在の百瀬さんがどれくらいそう思えているか、十点評価で何点だったか教えてください」

わたしは目を閉じた。まぶたの奥に浮かぶその記憶はどこか、見知らぬ俳優によって演じられるワイドショーの再現VTRのようによそよそしいものだった。

浴槽の中にわたしは浸かっている。右側には白いタイルの壁があって、長らく掃除されていないタイルの目地には黒いカビが至るところに詰まっている。母が勢いよく浴室の扉を開ける。彼女は何かを怒りに任せて叫び続けている。わたしは自分が何か取り返しのつかないことをしてしまったことに気づき、体がこわばるのを感じる。母がシャワーヘッドを摑み、わたしの顔に向ける。噴き出した水の粒が勢いよく顔に当たる。わたしは思わず悲鳴を上げる。死の恐怖を感じる。鼻の奥に、鈍い痛みとともに生温かい水が入ってくる。

それはすでに前回の治療で話したことと同じだったはずだが、以前よりも、なぜか語っている内容がまるでカメラを通して見る風景のように感じられた。浴室のタイルの目地に詰まっていた黒いカビのことは、今になってようやく思い出されたことだったからだ。

わたしはさっき先生に言われた指示通りの言葉を、ちょうど映画の字幕を重ねるようにそのイメージに重ねた。

《わたしには生きている価値がある》

次の瞬間に自分に起こったことは、今でもうまく説明ができない。ただ言えることは、わたしの体は突如として混乱の中に飲み込まれ、激しくその言葉を拒絶したのだった。わたしは何か言わなければと口を開いたが、水面に顔を出した鯉のようにただ空気をぱくぱく吸い込むだけで、何も話すことができなくなってしまった。気づいたら涙が止まらなくなっていた。それはまるで他人の涙が、得体の知れない空洞を通って自分の眼窩から溢れ出してくるかのようだった。

先生は無言でティッシュの箱を差し出し、今どんなことを感じましたか、とわたしに尋ねた。

「こんな字幕がこの映像についているのは間違っている、と感じました」

鼻をかみながら、わたしは絞り出すような声でそう先生に伝えた。混沌とした意識の中で無理やり拾い集めた言葉だった。そもそもこれは映像でもなければ字幕でもない。しかし、今の自分にとって一番納得できる表現だった。間違っているのだ。明らかに生きる価値を否定されている少女の前に、こんな残酷な言葉を重ねることは。

「すみません。なんか混乱してて、うまく点数がつけられません」

いったん深呼吸をしましょう、と先生は言った。

「それでは今度は、《わたしは危機に晒されている》という言葉を思い浮かべながら、先ほどと同じ記憶をイメージしてみてください。今からこの指を動かします。このあたりを見つめていてください」

先生はそうして、意外と骨ばった人差し指と中指をまっすぐくっつけた状態で伸ばして見せた。誰かの指をまじまじと見つめることには、どうしてこう妙なやましさがあるのかと毎回どぎまぎする。

わたしはふたたび意識をあの浴室の中に戻した。先生は、指先をわたしの方に向け、五十センチくらいの間隔で左右に揺らしていた。想像していたよりはずっと早い動きだった。それを追いかける眼球の奥に、ごろごろとした鈍い疲労を感じた。

わたしは裸でぬるい浴槽に浸かりながら、ぼんやりと眼球を動かし続けていた。ときどき、その指がわたしの体に触れたらどうなるのだろう、とよからぬ妄想をした。白いタイルの壁は相変わらずそこにあった。現在と過去は、互いに半透明のイメージとなって、手前に現れたり、奥に引っ込んだりを繰り返していた。先生の二本の指先だけが、水面をかき混ぜるように、左右にずっと揺れていた。

母がふたたび勢いよく浴室の扉を開ける。怒鳴り散らしながら、わたしの顔にシャワーヘッドをかざそうとする。わたしはその瞬間、カメラを思いっきり後ろに引いた。さっきまでそこにいたはずのわたしは、浴槽に浸かる裸の少女の背中を眺めていた。

《わたしは危機に晒されている》

わたしは先生の指示通りに、新しいフレーズをまた字幕のようにこの映像の上に重ねてみた。すると今度は、混乱をきたすことも涙が溢れることもなかった。むしろ言葉が自分の味方をしてくれているような安堵すらあった。この少女の置かれた状況が正しく説明され、「そうだそうだ」と言ってくれている。そして同時にその安堵には、前回の治療でも感じた、正体のよくわからない快楽が伴っている。「そうだそうだ」と言ってもらえていることが、母に対するあきらかな自分の激しい懲罰感情を搔き立てている。

わたしは先生に今自分の心の中で起こったことを伝えた。先生は深く頷きながらわたしの話を聞いていた。

「治療が進んでくると、最初に起こったような混乱は少なくなってくるはずです。記憶の整理がされて、つらい記憶が過去のものとして捉えられるようになりますから」

あの浴槽から、わたしがカメラを思わず引いたのは、何らかの防衛反応だったのだろうか。深夜をまわるとよく母は、さっさと死んでしまいたい、と聞こえよがしに呟くことがあった。わたしには生きる価値がある、と当たり前のようにうまく言えないのは、きっと母も同じなのだろうと思った。

かつて美大の油絵科に通っていた頃、犬小屋の絵をしばらく描いていたことがある。当時のわたしは空想にふけっては、思いついたイメージを面相筆でちまちま具象的に描いたりするのが好きだったのだ。なぜか犬小屋の表面にはふわふわとした毛がびっしりと生えており、入り口は不気味な真っ黒い口をあけ、本来その中にいるはずの犬は描かれていない。

そこで飼われていたはずの犬は、鎖を解かれることを拒むようになり、いつしか犬小屋そのものになってしまった。詳しいことはもう覚えていないが、そんなようなストーリーを思い浮かべながら描いていたように思う。

その年の夏休み、その絵を大学から実家に持ち帰って続きを描いていたとき、部屋に入ってきた母がわたしを問い詰めたことがあった。

「あんたはこの小屋が、うちだと思ってるのね。これが自分なんだって、そういうふうに描いてわたしを攻撃したいんでしょう」

わたしは憤慨して、そんなわけはない、勝手な意見を押し付けないでくれと言い放った。今までどんな暴言を吐かれても耐えてきたけれど、作品がそれに巻き込まれるのは耐え難かった。

母は自分自身が傷つく理由を、いつもみずから探そうとしているように見えた。そうすれば、お前に傷つけられたと堂々とこちらを非難することができるから。わたしはそのとき、もうこれからは自分の作品を母に見せない方がいいのだろうと思った。

「作ってれば、えらいのか」

母はよくそうわたしに向けて言った。大学の途中あたりから、わたしはそれにまともに取り合わず無視するようになった。自分がえらいとはまったく思っていなかった。

近所の美術予備校のパンフレットは母が持ってきた。当時、パニック障害の治療で中学校に行けずに、ずっと家でぼんやり絵を描いたりギターを弾いたりしていたわたしに、美術の道を直接的にひらいたのは母だった。そのことにわたしはずっと、何かまがまがしい後ろめたさを感じていた。自分にとって本当に大切なはずのものが、同時に母の示したものでもあり、そしてそれ自体が、わたしたちの不器用な対話を含んだものであるということが。

最後に実家を訪れたのはもう五年も前のことだが、例の犬小屋の絵はどこにもなかった。どこか別の場所に送ったのかもしれないし、誰かにあげてしまったのかもしれない。無数の本が積まれたリビングの埃っぽい三人掛けソファには、まだ真新しい、わたしがそのとき参加していた美術館の展覧会のカタログが立てかけられていた。


先生と、今回の治療の目的について、最後に少しだけ話をした。

大きな音にいちいち驚いて呼吸が荒くなり、すぐに体が強張ってしまうのとか、先回りして相手に過剰に謝ってしまうのとか、体に染みついた反射的な防衛反応をもう少しマシにしたい、というのが当初の一番大きな目的だった。

いつか母のことを許せたらいいんですが。わたしは最後に先生にそう伝えた。多分これが一番時間がかかることなのだろうというのはよくわかっていた。先生は、少し時間をかけてわたしの顔を見て、わかりました、とメモをとった。人によるけれど、だいたい治療には二、三年かかるのが一般的とのことだった。

母は、幸福な人間にいい作品が作れるはずがない、といったようなことをしばしばわたしに言った。自分にも、わたしにも呪いをかけ続けることが、当時の母にとっての生存戦略だったのかもしれなかった。

あのとき、別に母はわたしを本気で殺そうとは思っていなかったと思う。だけど記憶の中で、少女はいつも浴槽の中でシャワーの水で溺れて死んでしまう。実のところ、それは何度でもわたしがみずから見たいと望む夢でもあった。母を恨み、責め続けることだけが、いつの間にか母とわたしを繋ぐ唯一の絆になってしまっていた。

会計は、先生に直接現金を渡すシステムだった。治療が始まってからすでに一時間が経過していた。なんだか狐につままれたような気持ちで、わたしはカウンセリングルームの茶色い扉を開ける。むわっとする八月の陽光が、喉の奥を一瞬のうちに熱くした。自販機で冷たいジュースでも買って帰ろうと思った。ぺたんこになった財布を開くと、さっき先生に両手で渡したお札の厚みが思い出された。

わたしは立派な大人で、あの浴槽の中にはもう誰もいないのだ。それは自販機の前に手を伸ばした瞬間に、唐突に空中に放り出された、宛先のない感情だった。

白い塀

わたしが生まれ育ったのは東京の多摩地域にある府中というところだった。

ちょうど自分が中学校に入学して間もない頃、市内の別の小学校から入学してきた友達同士の会話を聞いていると、ときどき妙なフレーズが出てくるのに気づいた。

「あ、エミちゃんも刑務所なんだ！　うちも同じ！」

最初はぎょっとして何を言っているんだろうと思ったが、どうやら彼女たちが通っていたA小学校は府中刑務所の近くにあり、その小学校に通う子どもたちの多くは、親がそこで刑務官として働いているということのようだった。刑務官が家族と暮らすための官舎があり、それはちょうど刑務所の隣に位置しているらしい。

彼女たちは、自分の家のことを「刑務所」と呼んでいるのだった。そこにはとくに自嘲のニュアンスがあるわけでもなく、ただ家の周囲の敷地一帯がそう呼ばれているということを示す以外、何もなかった。

当時の学区制でこの中学校は、A小学校の子どもたちと、わたしが通っていたB小学校の子どもたちが半々くらいの割合で入学すると聞いていた。ただ蓋を開けてみればわたしたちの方がどちらかといえば少数派で、クラスメイトのほとんどがその「刑務所」の中で、今日の放課後に漫画の見せ合いっこをする家を決めたりしているのだった。

わたしはそのうち、クラスのユキエちゃんという子と仲良くなった。ユキエちゃんはA小学校から来た子だった。彼女はまさに「刑務所」に住んでいて、お父さんが刑務官として働いていた。跳ね癖のある髪をショートカットにして、切れ長の目をしていた。ぶっきらぼうで口が悪く、わたしのことを百瀬、と呼び捨てで呼んだ。しょっちゅう意地悪なことを言ってくるので、わたしもコケシと言い返してやった。わたしたちはとくに理由もなく同じテニス部に入った。コートでの試合よりも、校庭の端っこでラリーを続けている方が好きだったわたしたちは、けっして真面目な部員ではなかったし、よく顧問にふたりで怒られていた。

ある日の放課後、遊びに来いよとユキエちゃんが言うので、初めてわたしは彼女の家に行くことになった。

「うちの親がバイブ持ってんだよ。見せてやる」

バイブってなに、とわたしが尋ねると、ユキエちゃんは何だよお前知らねえのかよ、とゲラゲラ笑った。ユキエちゃんは今考えるとだいぶ早熟な子だった。

学校の校門を出て、ユキエちゃんと並んでバス通りをしばらく歩いた。こっち側の通学路を歩くのは初めてだな、と少しどきどきした。そのまま歩いていると、府中刑務所と大きく書かれたいかめしい石の表札が唐突に現れた。なにか厳重な扉や門があるわけでもなく、その先にはごくごく平凡なアスファルトの道路が続いているだけだった。

この向こう、とユキエちゃんが指差す。わたしは彼女の犬のように、言われるがままにその後ろをついて行った。ここはすでにもう「刑務所」なのか。自分が今、何者としてこの空間にいるのかよくわからなかった。

平坦なアスファルトの道路を歩いていくと、目の前にのっぺりとした巨大な白い塀が見えてきた。塀の外からはまったく中の建物は見えなかった。白い塀からにゅっと背の高い樹木の頭だけが飛び出していて、それと妙に澄み切った青空だけが、できすぎた絵画のようなコントラストを生み出していた。奥行きがよく把握できずに遠近感が狂う感じも、おそらくその絵作りに一役買っていた。それが普通の塀とは異なる高さであることは、遠くから見てもよくわかった。この塀がそれなのだ、と思った。いっさい表情のないその白い壁からは、ただこちらとあちらを隔てるためだけにそれが存在しているのだということが、有無を言わさず伝わってきた。

「そっちじゃねえよ、こっち」とユキエちゃんが指したのは、わたしが見ていた白い壁の向かい側にある建物だった。よくある団地のような見た目をした、白い五階建ての無骨な建物が均等にずっと敷地の奥まで並んでいた。

奇妙だったのは、その棟のある敷地の周りにも、似たような質感の白い塀が立っていたことだった。飾りのようなものが一切ないその無機質な塀は、棟を取り囲むかのようにどこまでも続いていた。もちろんそれはせいぜい二メートルほどの、大人が手を伸ばせば簡単に手をかけられるくらいの高さしかなかったし、さっきの塀とはまるで違うものだ。でもその風景は、どこかわたしに妙な居心地の悪さを覚えさせた。

ユキエちゃんの家は、奥まった棟のなかの五階にあった。部屋の中は薄暗く、両親は家にはいないようだった。お父さんと鉢合わせしなかったことに少しほっとしている自分がいた。刑務官という仕事のことを詳しく知っていたわけではなかったが、その人たちは罪人を罰する側の人々で、そのことがわたしに漠然とした怖れのようなものを抱かせていた。ただ、ユキエちゃんにその場でお父さんの仕事のことを聞いてみるのも何だか気が引けた。

「バイブ見つかんねえな、隠しやがったのかな」

ユキエちゃんは家の中で、ずっとそこらじゅうの引き出しを開けたり閉めたりしていた。部屋の出入りのたびに、茶色い木でできた玉がたくさんぶら下がった簾がじゃらじゃらと揺れる。うちのおばあちゃんちにも同じのがあったことをふと思い出す。グラスの底の形にシミがついたテーブルの上に、潰れた黄色いタバコの箱が置かれている。うちのお父さんはタバコは吸わない。わたしはすでに自分の家に帰りたくなっていた。

「うちの親、超キモいんだよ。親父の携帯隠れて見たらさ、今夜のお仕置きはバイブかな? それとも手錠かな? って母さんにメールしてんの」

ユキエちゃんは探すのを諦めてわたしの隣に座った。かろうじて当時のわたしにも、大人は手錠をそういうことに使うらしいという知識はあった。ユキエちゃんのお父さんは、昼間は受刑者たちに手錠をかけて、夜には自分の妻に手錠をかけるのだろうか。あるいは、実はお父さんのほうが手錠をかけられる側だったりするのか。それらがどういうことなのかわたしにはよくわからなかった。刑務所の隣で、「お仕置き」というものが情欲にまみれたかたちで、彼らのベッドの中に忍び込んでいるということが。

「でもまあ、仲がいいのはいいことなんじゃないかな」とわたしはその場しのぎの返事をした。ユキエちゃんは何か汚いものでも見るようにずっと顔をしかめていた。

ビール工場と東京競馬場、まだガレージのような店舗だった頃のドン・キホーテ第一号店。それらが混在する乾いた街並みが、自分が府中という地元を説明するときに漠然とあらわれるイメージだった。ドンキで当時流行っていたヘアクリップを買って帰ると、赤鉛筆を耳に挟み、虚ろな顔で競馬新聞を片手にうろつくおじさんとよくすれ違った。わたしは、こういう刹那的な欲望の循環によってこの街が成り立っているのだろうということをなんとなく肌で感じとっていた。

わたしが通っていたB小学校はどちらかといえば駅の近くにあって、周りの友達も近所の高層マンションや、庭つきの大きな一軒家に住んでいたりする子が多かった。わたしのように小さなアパートに住んでいる子や、団地に住んでいる子はどちらかといえば少数派だった。

毎年、社会科見学の授業ではビール工場と競馬場に行くことになっていた。みんなでそこまでぞろぞろ歩いていき、工場のお姉さんからビール酵母の説明を受けたり、競馬場で馬の形をした木のパズルをもらって帰ってきたりするのだった。この街に刑務所があるということを学校の授業で教えられたことは一度もなかった。わたしが通っていた小学校はユキエちゃんたちが通っていたA小学校と逆の方向にあり、わたしは彼らの存在をまったく知ることなく六年間学校に通い続けた。

四年生くらいになったときに酒鬼薔薇聖斗の事件が起きて、一瞬クラスの中で「今あいつこの街にいるらしいぞ」という噂がたったことがあった。今思えば「少年A」は当時未成年だったわけだし、府中刑務所にいるわけはないのだが、その噂は退屈な小学生たちを興奮させるにはあまりあるものだった。その日の夕飯の席で母は「あそこはけっこう罪が重い人たちが行くのよ」と言っていた。


ユキエちゃんと知り合ってから、一度だけひとりで「刑務所」の中に入ってみたことがある。その日の放課後はなんとなく時間を持て余していて、いつもの通学路とは違う道を歩いてみたくなったのだった。ユキエちゃんの家にはあの後一回くらい遊びに行ったことがあったが、それからはめっきり足が遠のいていた。

白い巨大な壁は、相変わらずそこにあった。スプレーの落書きひとつなかった。コンクリートの塀の表面には、よく見ると等間隔で細い溝のような模様が入っていた。これはいったい誰に向けられた装飾なのだろうと素朴に疑問に思った。

顔を上げると、五メートル以上はゆうにありそうな塀がわたしを見下ろしていた。腰のあたりの骨が音もなく砕けるような感覚を覚えて、思わず足がすくんだ。わたしは低所恐怖症とでもいうのか、中途半端に高い構造物を下から見上げるのが昔から苦手だった。それに加えて、そのどこまでも続く白い塀には、まるで人類のいない世界から突如飛来してきた石板のような、ある種の時間性を超越した不気味さがあった。

わたしは少し緊張しながら、その塀にそっと手を伸ばした。指先で撫でると、ざらりとした、どこまでも均質な質感だけが伝わってきた。自分の指先が押し返されるような、薄暗い重みがどこまでも石の中に続いているような感覚があった。塀の向こうは異様に静かで、耳を近づけても何かが聞こえてくることはなかった。中にいる受刑者たちは、わたしがここに立っていることを知る由もないのだ。

しばらくのあいだ、わたしはその塀にぴたりと手のひらを押し当て続けていた。

しっとりと冷たいコンクリートは、わたしの手汗でそこだけぬるく温まっていた。ただ、たまたま、わたしはこうして塀の外にいるだけなのだ。ふいにそんな説明のつかない感情が、手のひらを伝って胸の奥を摑み上げた。

夕刻のチャイムがどこかで鳴っていた。もう家に帰る時間だった。「刑務所」の敷地を出て、ふとわたしは後ろを振り返った。ユキエちゃんの家の棟のまわりを囲んでいた、あの妙な高さの無機質な塀が、ずっと敷地の奥まで伸び続けていた。それは、さっきまで触れていたあの分厚い塀と同じような白に塗られて、彼らとこちらのあいだによそよそしい隔たりをつくっていた。塀の外の世界にも、誰かが望めば塀は立つのだ。それはどこか、出口のない寓話のようだった。

ユキエちゃんの家はずっとこの内側にあった。ざらついた塀にさっきまで押し当てていた手のひらは、そこだけぼつぼつと赤く凹み、かすかなむず痒さを訴えていた。この身勝手な後ろぐらさが、わたしをこの塀のもとへと引き寄せたのだ。

わたしには、はじめからわかっていた。これが、自分の意識の中にそびえ立っているものでもあることに。そしてその塀を立てたのが、なによりわたし自身であったことに。

手錠をかけられ、お仕置きを受けるべきなのは、わたしのほうじゃないのか。誰に？　ユキエちゃんのお父さんに？

その妄想が独房のシーツの上に染み出す前に、わたしは小走りで駆け出した。あの壁の気配が背中から消え去るまで、わたしは一度も振り返らずにアスファルトの道を走り続けた。

遥かなるゾーニング

「この映像の中には虫が出てきます、って注意書きがあって驚いちゃったんですよ」

最近、美大の講評に呼ばれたという友人がそうつぶやいた。

それはある学生の作品で、昆虫が共食いをしているような様子が映った映像作品だったらしいのだが、おそらくは虫が生理的に苦手な人に向けてであろう、そういった丁寧な注意書きが近くに貼ってあったのだという。

いや、それは、だいぶきてるね。でも、難しいね……。

その日、池袋のサイゼリヤに集まっていたのはわたし含めみんな、芸術作品に人の心を逆撫でしたり、不安にさせたりする要素が含まれることは当然あるという価値観を共有している友人たちだった。わたしはその慣れ親しんだ感覚を信じていいのか一瞬不安になりつつ、へらへらとした表情を浮かべながらスプーンの先でミラノ風ドリアをつついていた。

　鑑賞者に対する配慮と呼ばれるものは、わたしたちが学生だった頃とはだいぶ変わってきている。そこには見過ごされていたものがたくさんあったはずで、気づいてよかったことがたくさんあったと思う。でもどこか、その「虫が出てきます」という言葉の響きには、ぼんやりとした線が知らないうちに自分の足元に引かれるような、そこはかとない不気味さが感じられたのだった。

　その文言が注意書きとしてあらわれ、安全とされた場所とそうではない場所が区別されることで、虫というものが誰かに不快感をもたらしうる生き物だということが、さもこの世界の前提であるかのように記述されてしまう。すでに自分たちが、大なり小なり虫たちと同じ生活圏で生きているにもかかわらず。

　わたしはべつにここで、自然と人間の共存みたいなエコロジー的なことを言いたいのではない。この注意書きが持つ効果それ自体に、かすかなおそろしさを覚えるのだ。

「この映像の中には○○が出てきます」

この構文の不気味さは、一見鑑賞者に対し見る／見ないの選択肢を与える配慮をしているようでいて、自分たちとあきらかに異なる他者や事物を「事前に承認が必要なもの」として一方的に名指し、歓迎されざるもののように扱う無邪気さにある。人々が、虫は見たくないものであると常々思っているからそういう注意書きをわざわざ貼ろうとするのか、それとも逆に、そういう注意書きが目に入るから、虫は見たくないものであるという感情が人々の意識の中で育っていくのか。

いずれにせよ、この〇〇の中には、原理的にはどんな言葉だって入れることができる。それは遠く離れた戦場で撮られた「血まみれの赤子」だったり、「叫び声をあげて逃げまどう人々」だったりするのかもしれない。わたしはその映像に対し、いったん扉の前で足を止めて、見る／見ないという選択肢を持てる側の人間なのだ。そのことを思うと、わたしはこの優しさに満ちた世界がとたんにおそろしくなる。

「ゾーニング」という言葉はもともと、二十世紀初頭のアメリカの都市で、土地利用の規制を指して使われだした言葉である。より良い労働環境を求める黒人たちの南部からの大移動が始まったことで、白人たちは自分たちの居住環境が彼らに脅かされることをおそれた。そうして、黒人の居住区域を制限しようとする動きがはじまった。各都市でこれらは次々に法令化されていった。土地の管理という大義名分のもとに、白人たちは自分たちにとって好ましくないものたちを堂々と隔離できるようになったのだ。

その後、この人種差別的な法令が憲法違反であるという判決が裁判所によって下され、長い時間がたったあと、なぜか遠く離れた日本でゾーニングという言葉が再びよく聞かれるようになった。しかも自分が一番馴染み深いはずの、美術館の会場構成の文脈でその話はよく出てきた。

たとえばそれは、「一部性的な表現が含まれます」といった内容の立て札のかたちをとって美術館の会場の中にあらわれた。そう言われるものだから内心ドキドキしながら中に入ると、えっ、この部分のことを言ってるの？　と拍子抜けすることもしばしばで、これは作者にとっても不本意だろうと思った。べつにエロさを競っているわけでもないだろうに、作品の本質とは全然違ったところで、本来感じる必要のなかった妙な後味が残ってしまう。ただ、自分がたまたま性的な表現に寛容な人間なだけなのかもしれないし、子どもがいる人だと全然違う観点の話をするのだろうな、とは思った。

ともあれ、こういうふうに会場の入り口で見る／見ないの選択肢が与えられることを、どうやら最近はゾーニングと呼ぶらしかった。とはいえ、わたしは鑑賞者の身体に直接的な影響が及ぶような場合には、別に立て札はあってもいいと思っている。たとえば「強い光が点滅します」とか「爆音が流れます」といったようなことを、事前に伝えようとするのはわかる。それは事実として、そこにすでにそういうものがあるからだ。特定のシーンを見ることから引き起こされるPTSDも、本人の意思とは関係なく身体に起こる反応であるから、その中に含まれるのかもしれない。

ただ、「性的な表現が含まれます」だとか「不快な表現が含まれます」といった、本来それぞれの内的な、常にぐにゃぐにゃと揺らぎ続けているようなやわらかい領域で判断されるべきことについてはどうだろう。強い光や爆音と違って、それが本当にそこに存在しているのかがよくわからないのだ。

そのようなことを、立て札というかたちで誰かが前もって強く言い切ることなど果たして可能なのだろうか。そしてそれを「ゾーニング」という、排除の歴史の文脈を背負った言葉で呼ぶことは、果たして妥当なのだろうか。

まだ残暑の厳しい九月の半ば、わたしと麻衣ちゃんは東京国立近代美術館の搬入口にいた。わたしたちが二〇二〇年に共作した『新水晶宮』シリーズが、このたびまとめて新規収蔵となり、今日はそのお披露目となるコレクション展の搬入立会日なのだった。

自分たちの映像が壁にプロジェクションされると、いつもの近美のコレクション展示室がまるで全然違う場所のように見えた。麻衣ちゃんと目が合うと、やったね、と子どものような笑みが二人とも自然にこぼれた。

今回収蔵された作品のひとつ『Love Condition』は、一時間以上はある長尺の映像作品である。映像の中では、わたしと麻衣ちゃんが、「理想の性器」とはどういうものだろうと、延々とおしゃべりしながら粘土をこねている。そこには印象的な黄色い背景と、どんどん汚れていくふたりの両手、そしてときおり何かの風景のようにも見える粘土の塊が映っている。

ふたりの言葉と粘土による戯れは、様々な性器のバリエーションを提案する。たとえば、自分の身体から離れたところでポータブルなものとして扱える性器や、ティッシュペーパーのようにぺらぺらに薄くて、自分の意識では動かせず、風になびくことで他者と触れ合える性器などが次々にあらわれる。新しい性器の具体的なありようについて想像することは、自分たちの中に刷り込まれた規範的な性について問いかけることでもあるのだ。

一点、わたしにはある気がかりなことがあった。以前、この作品が別の美術館で展示された際には、まさしく例のゾーニングの立て札が作品の前に置かれていたからだ。麻衣ちゃんが、ちょうどその当時の立て札の写真を誰かのインスタで見つけてくれた。

「この展示ゾーンには、一部性的な表現を含む作品があります。作品性を尊重し展示を行っていますが、不快に感じる可能性のある方は、この展示室にはお入りにならず次の展示室にお進みください」

とても丁寧で、心配りがなされた文章だった。麻衣ちゃんはそれを読み上げながら、作品性を尊重、かあ、と言って笑っていた。

「今回もやっぱりそうなっちゃうんでしょうかね」

と、わたしは隣にいた担当学芸員の佐原しおりさんに尋ねてみた。

佐原さんはにっこり笑いながら、「当館としては、現時点でゾーニングの必要はないと判断しています」と答えた。わたしは少しびっくりした。でも同時にとても嬉しいような、ふっと肩の力が抜けるような気持ちになって、どうしてですか？と聞いてみた。

「わたし、映像に出てくる単語を一回全部書き出してみたんです。その中でおふたりが話されている単語は、すべて保健体育の授業などで使われている言葉で、放送禁止用語でもありませんでした。幼い子には少し刺激が強いかもしれないという面を考慮してもなお、社会にとって重要な課題を含んだ作品として展示すべき、という判断をしています。コレクション展の統括や学芸部、館長、来客対応の窓口となる部門、看視スタッフ会社にも同じ説明をして、全員の了承をとっています」

佐原さんは少し照れながらそう言った。

その瞬間、佐原さんに対して感じた畏敬の念を、わたしはこの先も忘れることはできないと思う。一時間あまりの映像を眺めながら、ペニス、勃起、膣、セックス……といった単語を、彼女は一つずつひとりで書き出していったのだ。もちろん放送禁止用語でなければよいのか、おまんこという単語が出てきたらなぜまずいのか、という議論は当然あるだろうし、それ自体が完全な正解ということではないのかもしれない。ただわたしは、その佐原さんのひとりの学芸員としての矜持に、強く心を動かされたのだ。わたしと麻衣ちゃんの手で生み出された理想の性器たちは、この世界において隔離されるべき存在ではない。たしかにそう言ってもらえたような気がしたのだった。

ぼんやりとした価値基準に従うことが、結果として現在すでにある規範の強化に加担してしまうことがある。それに抗えるのは、結局はこういったそれぞれの孤独な検証という営みなのかもしれない。

線を引き、看板を立て、見る／見ないの選択肢を与えるもの。それはいったい誰の、何に対する不安なのだろう、と思う。自分たちにとって不都合なもの、好ましくないものは、その立て札が立てられたまさにその瞬間に、その言葉が頭の中で再生された瞬間に、わたしの中に生まれたのではなかったか。

不安は、常にその不安の根源を排除しようと試みる。だからこそ、この感情をいったん自分のなかに受け入れた上で、それがほんとうに妥当なものであるかどうかを考えなければいけないのだ。かつて、黒人たちを線の向こうに追いやった人々を強く突き動かしていたのも、また不安という感情だったのだから。

秘密の融点

玲児くんは、一日も欠かさず日記をつけている。それはA4のコピー用紙に、米粒よりも小さな文字でびっしりと書かれている。一見するとヒョロヒョロとのたうつボールペンの線でしかなく、スムーズに読むことはできない。基本的にその日に起こったことはすべて書く。玲児くんのそのときの感情について書くというよりは、カメラと同じように、基本的には目に飛び込んできたもののすべてを記述していくらしい。

最近は、書くべき情報が細かくなりすぎているために、日記の量はどんどん膨れ上がっている。例えばスーパーに買い物に行ったら、ジャガイモや玉ねぎをどういう順番でカゴの中に入れたのかまで書いたりすることもあるらしい。玲児くんは、本当はもうすこし減らしたいんだけど、とぼやく。わたしが何か嫌なことがあって玲児くんの前でメソメソ泣いていようものなら、「日記に書くことがまた増えちゃったじゃん」と言われる。もはや理不尽すぎて笑える。

玲児くんは、その分厚いA4の紙束を押入れの中の金庫で保管しているのだが、そんな面白いものが隣の部屋にあると思うとどうしても気になってしまう。読めるところだけでいいから見せてよ、と言うと玲児くんは頑なに拒否する。じゃあ玲児くんが死んだら読めるのかな。「俺が死んだら棺桶と一緒に燃やしてもらう」と玲児くんは淡々と言う。

「これには、その日会った人が俺だけに教えてくれた秘密のこととかも、全部書いてあるんだよ。だから誰にも読ませることはできない」

たしかに、それはそうかと納得する。わたしも自分の秘密だったらいくらでもこうやって文章に綴ったりするが、誰かの秘密を勝手に載せたりはできない。でも玲児くんは、すべてを記述していくことに決めたのだ。このびっしりと文字で埋め尽くされた紙の束が、誰にも見られないまま炎の中で燃え尽くされることと引き換えに。

誰かに自分の秘密を話すということ。それが少なからずその人に負荷をかけることだと知っているから、基本的に誰かに秘密を打ち明ける時点で、それはいつか明るみに出てしまっても仕方のないことなのだと思うようにしている。というより、全ての言葉は、口から放たれてしまった時点で、もう自分ではどうしようもできないものになるのだという感覚がある。

人の秘密を扱うときに難しいのは、誰かの秘密を守るために、嘘をつかなければいけない瞬間があるということだと思う。ある人にそのことを尋ねられて、知っている事実とは違うことを口にしなければいけなかったりする。多くの人はそういうとき、別の事実を捏造するよりは「知らない」と言って誤魔化すのだろうし、わたしもだいたいはそうやって切り抜けている。言わなくてもいいことをわざわざ言わない、というのはおそらく嘘とは呼ばない。ある種の場面における、ひとつの倫理のかたちであることは何となくわかるのだけど。

ルソーは「嘘をついても、自分にも他人にも得にもならず損にもならない場合は、それは嘘ではなく虚構（フィクション）である」と言う。こうした虚構（フィクション）は、もはや嘘ではなく、「言う義務のない真実の隠蔽」と同様であるのだと。このくだりはとても興味深くて、一見それはあらゆる芸術、ひいてはすべてのフィクションというものを肯定してくれるようで勇気づけられるのだけれども、一方で「隠蔽」という言葉のちくりとした鋭さが妙に耳に残りもする。そのやましさ自体から逃れることは誰にもできないんだよ、というような。

自分が玲児くんと晋吾という二人の男性と同じ家で暮らしていること、それぞれと同時に関係性があることを公言することに、もともとあまり躊躇はなかった。もちろん今は関係のかたちも変わってきているから当時の記憶は少し曖昧だけれども、かかわる全員の合意のもとに始まっている関係だったし、最初からそんなに後ろめたさはなかった。

ただ、一人だけ、ずっとそのことを言えなかった人がいた。玲児くんのお母さんの、悦子さんだった。玲児くんとは同じ美大を卒業してからすぐに付き合い出して、その頃はしょっちゅう玲児くんの実家に泊まりに行っていた。閑静な住宅街のマンションで、母と息子の二人暮らし。音楽好きの悦子さんの選ぶ家具はどれもセンスが良くて、デヴィッド・ボウイのレコードがたくさんあって、上品なグレートーンでまとめられたリビングはいつも綺麗に整頓されていた。足の踏み場もないほどに積まれた本で溢れかえっていたうちの実家のリビングとは大違いだった。

わたしはなぜか悦子さんの前で、よくある「息子の彼女」らしい振る舞いを最初から一切しなかった。急に押しかけて泊まらせてもらった翌朝の朝食で、三人で分けて食べようとお母さんが出してくれた二切れの焼き鮭のうちの一切れを、わたしは何の躊躇もなくバクッと口に入れて「おいしー」と言った。今思うとよくそんなことができたなと思うが、たぶん寝ぼけていたか、あるいは何も考えていなかったのだと思う。いずれにせよその瞬間、玲児くんと悦子さんは顔を見合わせてすごいものを見たねという表情を浮かべ、何故だか悦子さんにはそのあと好感のようなものすら抱いてもらえるようになったのだった。

玲児くんと「恋人」として付き合っていた頃、そのうちのけっこうな時間をわたしは玲児くんの実家で過ごしていた。みんなで飲んだ翌朝、だいたいわたしが一番遅く布団から起き上がってくるのを、二人は呆れて笑いながら見ていた。キッチンからは包丁でさくさくと何かを切る音がしていて、それを聞いているうちに再びまどろみがやってくる。玲児くんと悦子さんは本当に顔が似ている。並んだ親子の写真を見ると爆笑する人がいるほどだ。いつからかわたしは玲児くんに自分の親のような役割を求めてしまっていたかもしれないけれど、悦子さんは隣でそれを見てどう思っていたのだろう。

わたしは悦子さんのことを普段「おかあさん」と呼んでいた。それは「お義母さん」というニュアンスでは決してなかった。わたしたちが別に将来的に結婚という方法は選ばないだろうということを悦子さんはわかってくれている気がしたし、何より悦子さん自身が離婚の経験者でもあった。かといって「お母さん」なのかというと、それもどこか違う。どちらかというと飲み屋の「おかあさん」に近いような響きかもしれない。わたしの駄目さを面白がりつつ、適度な距離感で隣にいてくれるような、不思議な居心地の良さがあった。それは悦子さん自身がわたしに「息子の彼女」という役割を求めず、わたしというひとりの人間そのものに向かい合ってくれたからなのかもしれない。

それなのに、わたしは玲児くんと晋吾との三人暮らしが始まったとき、悦子さんにそのことを言えなかったのだ。ウェブメディアの記事にこの暮らしに関するインタビューが載っても、わたしがこの連載の中で散々色々なことを書き散らしても、悦子さんにそのことを直接伝えることはなかった。

悦子さんが、そのことを理由にわたしを軽蔑するような人ではないということは、頭ではわかっていた。ただ、玲児くんが悦子さんのたった一人の息子であること、悦子さんがかつて自身の離婚をめぐって長いあいだその心の傷を抱えていたこと、それらに思いを巡らせていると、自分がこのややこしい関係を誤解なく説明する自信がだんだんなくなってきたのだった。わたしは悦子さんに嫌われることが怖かった。あるいは、そのことで悦子さんとの絆が切れてしまうことが怖かった。この三人暮らしの始まりは最初からポジティブなものではあったのだけれども、わたしの口を通すと、なにか言い訳めいたものに聞こえてしまうような気がした。

「ももちゃんにかかわる人が、自分のほかにもいて、そのことでももちゃんが幸せになるのであれば、それは自分にとってもうれしいしありがたい」

玲児くんがかつて晋吾に向けてそう言ったのを、わたしはこの連載の中で書いたことがある。当時の晋吾の立ち位置は、世間ではいわゆる「間男」と呼ばれるようなものだったし、三人で話していたとき晋吾が笑いながら自分でそう言っていたこともあった。わたしは今でもたまに、この玲児くんの、何かの冗談にも聞こえる奇跡みたいな言葉を思い出したりする。

この三人暮らしを始めるとき、多くの友達はいいじゃん、めっちゃ楽しそうと面白がってくれたが、「玲児くんはそれで大丈夫なの?」としつこく心配してくる人たちもいた。玲児くんは本心ではきっと傷ついていて無理しているに違いないと信じこみたい人が一定数いるのだと思った。玲児くんは人形じゃないし、自分の意思で人生を選択しとるわ、まったく失礼な輩だ、とわたしはぶつぶつ怒っていたが、実際わたしは今でもこういう自分の反応が、ある種の後ろめたさに対する防衛なのではないかと思うことがある。それは今思えば、たぶん悦子さんに対する後ろめたさでもあったのかもしれない。

わたしはあなたの息子と、晋吾さんという人、二人に対して同時に別々の種類の愛情を抱いています。そして今度から、わたしたちは同じ家で三人で暮らし始めるんです。

自分が嘘つきだとは思わない。わたしは事実を捻じ曲げて話すことは基本的にしないけれど、わざわざ言わなくてもいいと思ったことは黙っていたりする。それを果たしてずるさと呼ぶのかは、今でもよくわからない。でも結果として、わたしはこんなに大事なことを、悦子さんに四年以上も言わなかったのだった。

悦子さんに久しぶりに会うことになったのは、昨年の十一月だった。熱海市で開催されるATAMI ART GRANT 2023という芸術祭に、わたしはある新作のインスタレーションを出展することになっていた。その作品には、あるインストラクションを行ってもらうためのパフォーマーが必要だった。だが熱海市内に人づてで募集をかけてみても、平日の日中から手が空いている人などなかなかおらず人が集まらない。そんなときに玲児くんから、母さんが退職後ずっと家で暇そうにしてるから聞いてみたらと言われ、久しぶりに悦子さんに連絡をしてみたのだった。

今回制作したインスタレーションは一見すると薄暗いバーのような空間で、カウンターの中にはバーテンダーのような黒いシャツに身を包んだスタッフが立っている。悦子さんにやってもらえないかとお願いしたのは、このスタッフ役のパフォーマーだった。

会場を訪れた鑑賞者がこの空間に入って椅子に腰掛けると、スタッフから提供される白湯を飲むことができる。透明なグラスに入ったその白湯は妙に生ぬるい。実はその白湯は、遠く離れた場所にいるわたし自身の現在の体温と同じ温度になるように、スタッフ自身の手で調整されている。わたしは会期中、ずっと体温計測装置を腕につけながら生活し、その体温データは常時カウンター内のモニターに送り続けられる。

自分の体内に、他者が液体となって入り込んでくること。それがさっきまでペットボトルに入っていたただの水に過ぎないということがわかっていても、ある種の気まずさと親密さがそこに生じること。鑑賞者の口を通って、ふたりの人間の体温は区別がなくなり、やがて身体は互いの輪郭を失っていく。パフォーマーが演じるスタッフはそのふたつの身体の媒介者のようなものとなり、カウンターの中で鑑賞者を見守っている。

黒いシャツをまとった悦子さんのパフォーマンスは、ぴりっとして一切のまごつきがなく、しかし時折微笑みがふっと漏れるような、穏やかな余裕を感じさせた。温度計の先でくるくるとグラスの中のお湯をかき混ぜるたび、悦子さんの銀色の前髪が揺れていた。

わたしは熱海で初めて、悦子さんにこの関係性のことを打ち明けようと思っていた。というのは、今つきあっている泰地くんの存在が大きかった。今回熱海にインストーラーとして同行し、展示の施工をしてくれた泰地くんは、玲児くんにも晋吾にも自分の存在が受け入れられているのに、悦子さんだけに隠されていることが嫌なんだと言った。一昨年の年末はそのことで泰地くんが大泣きしてしまったこともあって、なんとかしなければと思っていた。同じ空間にいるのに紹介もできないというのは、さすがに無理があるだろうと思った。これじゃまるで不倫相手の存在を隠してるみたいだ。とはいえわたしも、いざそのときが来たら自分から言えるのか想像すると怖くて、ぎりぎりまで迷ってしまうくらい悩んだ。

芸術祭のオープニングの夜、わたしはパフォーマンスを終えたばかりの悦子さんに、このあと熱海で一番美味しいお店で飲みましょうと誘った。泰地くんも一緒に。泰地くんは、さっきオープニング会場に移動する車の中で、悦子さんにだいたいのことは自分から話したんだよ、という。急な展開に、まじか、とびっくりすると同時に、こういう人がいないと一生前に進まないものごともあるんだよな、と自分の不甲斐なさを情けなく思う。

お店に着いて、悦子さん、わたし、泰地くんの三人で乾杯すると、改めてこれはどういう状況なんだろうと不思議な気持ちになる。最初に本題を切り出したのは泰地くんだったと思う。悦子さんはワイングラスを片手に頷いている。

「そりゃもうわかってたわよ。ネットの記事も、ももちゃんの連載だって読んでるしね。でも、わたしの方からうまく聞けなかったの」

薄々気づいていたけど、これだけあちこちで書いてたらそうなるよなと思う。

「最初はどうしても理解できなかったし、玲児と別れたんだと思うと、やっぱりショックだったの。ももちゃんのことも娘のように思っていたしね。でもだんだん、記事を読んだりしてるうちに気持ちが変わってきたの。関係が変わっても、こうして別のかたちで一緒にいられて、みんなが幸せになれるならそれでいいじゃない、って」

わたしはイクラが載ったウニの茶碗蒸しをスプーンの先で掬い取った。ずっと氷漬けになっていた秘密が、海のにおいと一緒に、口の中でゆっくり溶けていった。いつだったか玲児くんから、うちの母さんの前では親父の話はあまりしないでね、と言われたことをふと思い出した。人と人が一緒にいることを選択し続けられるのは、ある意味それだけで奇跡のようなことなのだ。

「ずっと黙ってて、ごめんなさい」と、わたしは子どものようにつぶやいた。わたしはずるい人間なのかもしれない。でも、必ずしも悪人ではないと信じたい。

「わたしもようやく話せてすっきりした」

悦子さんがほっとした笑みを浮かべた。それを見て、泰地くんは満足そうな顔で悦子さんのグラスにワインを注いだ。

「だって、これでももちゃんと一生会えなくなっちゃうのは嫌だったのよ」

わたしはそれから東京に戻り、久しぶりに風邪をひいた。展覧会会期中、わたしはひどい咳をしながらほとんどの時間を布団で寝て過ごした。それでも毎日、体温計測装置を腕にはめることは忘れなかった。三十九度近い熱が出たとき、熱海の作品を体験しにきた知人から「なんかお湯飲んでみたら結構熱いんだけど……大丈夫ですか?」とメールが来ていて思わず笑ってしまった。横になるたび背骨はぎしぎしと軋み、体じゅうが炎の中で熱された鉛のように重たかった。なにかそれは、儀式的な痛みでもあった。悦子さんがカウンターの中で、この火照った体を液体に変えてくれている。そう思うとなんだか心強かった。

悦子さんが東京に戻ってきてから、玲児くんは親子二人でご飯を食べに行ったらしい。母さんがなんだかすごい生き生きしてて別人みたいだった、と驚いていた。「やっぱり仕事してる方が向いてるみたい」ってラインが来たよ、と、玲児くんがあとから教えてくれた。

砂のプール

ぽっくり死ぬなんて絶対嫌だね、と祖母は言った。歩行器を横に押しやり、もつれそうな足を揃えてソファに座ろうとする。何年か前にひどい骨折をしてどこかの骨にボルトを入れる大手術をしたときも、「サイボーグおばあちゃんです」というふざけたメールをこの人は送ってきたのだった。

「だってもったいないじゃない。あたしはちゃんと自分の死を最後までゆっくり味わい尽くしたいんだよ」

どこかのお医者さんが、戦前生まれの人はもう現代のわたしたちと体が違うんです、みたいなことを言っていたが、祖母を見ているとつくづくそのことを思い出す。今年で九十歳。当分は死なないね、とよく自分を化け物だと言っている。なんというか、すべてにおいて飢えているというか、貪欲なのだ。祖母は昔から、アップルの人と電話しながらパソコンのアップデートも自分でやっていた。まだ見ぬ世界があるならばどんどん知りに行こうとする。もう物理的に遠くへ移動はできなくても、本はいつでもそばにある。

「これが死か、って思いながら死んでいきたいんだよ」

そう言って笑う祖母の瞳は子どものようにきらきらしていた。わたしは祖母のことが昔からずっと大好きだった。しかしその瞬間に感じた、ある種の恐怖にも似た祖母に対する畏れは、これからもずっと折りに触れて思い出すだろう。そしてわたしは心のどこかで、一人で飄々と旅立っていく彼女の姿を想像し、勝手な安堵も感じていたのだろうと思う。実際その瞬間がどうなるかなど、誰にもわからないのに。

晋吾は死の話が苦手だ。ちょっとでもそういう話を始めようものなら、急に慌てふためいて「怖くなってくるからやめて」と言う。逆になんで何とも思わないのよ、と言われることもあるが、自分でもよくわからない。それにまったく死が怖いと思っていないわけでもない。誰かが若くして病気で亡くなったり、理不尽に命を奪われたりすることに対しては、強く動揺し、一日悲しみに沈んで布団から出られないこともある。ある日突然、当たり前に来るはずだと思っていた明日が来なくなり、明日やろうと思っていたことが永遠にできなくなる。その恐怖には計り知れないものがあるし、たぶんこれは何か自分の執着とか欲望の問題に関係している。

しかし一方で、わたしたちはいつか必ず死ぬ。そのどうしようもない事実に対して、わたしはどこか自分でもびっくりするほど諦観している。何も疑問に思わず毎晩目を閉じて眠り、気づいたらそのまま朝になっているということ。夜中に赤ん坊がわんわんと泣き叫ぶように、眠りに落ちることだって本当はとても怖いことのはずなのだ。それがこんなにもすんなり受け入れられているなら、そのままずっと目覚めなかったとしても、まあそれはたまたまそうだっただけだし、しょうがないんじゃなかろうかという思いがずっと頭にある。だがおそらく実際は、そんな平穏な死などはめったになく、自分の余命をいざ告知されたらきっと大泣きしてしまうのだろう。そこには物理的な痛みだってあるだろう。わたしはたぶん「ぽっくり」といわれるような、だいぶ平穏な死のことしか想像できていない。いつか確実にやってくるその日について、未熟な想像を重ねることで恐怖を回避しようとする防衛本能なのかもしれない。

あまり誰にもしていない話がある。中学二年生のときに、パニック障害を発症して学校の授業がまともに受けられなくなったわたしは、自分の将来を悲観して一回自殺未遂をしているのである。といってもそれは救急車すら来なかった一種の狂言みたいなもので、思い出すだけで本当に恥ずかしいのだが、わたしは『名探偵コナン』で見たトリックを参考にして二種類の洗剤を混ぜ、自室で有毒ガスを発生させようとしたのだった。しかし、なぜだかガスはうまく発生せず、わたしは布団をかぶって必死で口を押さえるように体を丸めており、目覚めると、わたしの名前を泣きながら呼ぶ母の顔が見えた。部屋にはプールのようなつんとした臭いが充満していた。わたしはぼんやりしたまましばらく母の腕の中にいた。母にそんなに強く抱きしめられたのはそれが最初で最後だった。

生還してから、わたしは自分が生き残った理由について考えてみた。しかし考えてもよくわからなかった。どことなく、自分はすでにもう、あのプールの臭いの部屋の中で死んでしまっているのではないかという気もした。ならば、これは一種のボーナスステージなのかもしれない。もうわたしという人間はここにはいない。ここからは、ギフトとして与えられた誰かの人生が始まるのだと思った。だったらもう何だってできるじゃないか、という奇妙な全能感が体じゅうを駆け巡ったその感覚は、今でも勇気が必要な物事の節目に、時折ふと湧いてきたりもする。それはどこか、自分の人生のはずなのに人ごとのようで、ずっとわたしの体に誰かが仮住まいをしているような感覚でもあった。長い時間をかけて、その「誰か」は現在のわたしになっていった。あの日、布団の中で死んでいったわたしがいたことを、わたしだけが知っているのだった。

だからこそ、もうじゅうぶんいい夢を見たでしょう、とある日突然人生の終わりを告げられることになったとしても、寂しいけれど自分はそれを受け入れなければいけないのだろう、と思ったりもする。この世界では、自ら死のうとした人間の罪というのが、宗教的な理由においても、世俗的な感覚においてもぼんやりと共有されている。わたしは、死にたいという人には、あなたがいなくなったら寂しいよ、とは伝えられるだろうけれど、うまくその先の言葉を続けることができない。いずれにせよ、この世界から先に降りようとしたのはわたしなのだ。その事実は消えることはないし、消えないなりに、最後はすべてに感謝して、受け入れて、いなくなるのがフェアなんだろうなと思う。

こうして死について語ろうとすると、だいたい凡庸になっていくのはなぜなのだろう。個別の死が凡庸かどうかということではない。ジャクソン・ポロックは、ある夏の夜、自ら運転する猛スピードのオープンカーから勢いよく投げ出され、頭を強打し即死した。彼が道路の横で遂げた凄絶な死と、彼の絵画空間の激しい塗料の軌跡をつい結びつけて語りたくなってしまう欲望も、あるひとつの凡庸さのかたちなのだと思う。説明のつかない死を、どうにかして自分が納得できる英雄の物語に回収したいという願い。その瞬間、急カーブの手前でハンドルを握りしめていたポロックのことは、わたしには永遠にわからない。

不思議なことに、死ぬこと自体にはあまり興味がないが、自分の体がなくなるということには寂しさを覚えるというか、未練が残る。わりと自分のこの骨格や肌の質感なんかに対して愛着はあるし、常々暴走しがちな意識よりも、ただ淡々と毎日呼吸して消化活動をしてくれている体の方がよっぽど偉い、と思うことがある。といっても、わたしは自分の体を自分で所有している感覚というのはとても希薄な方だと思う。どちらかというと、体を持っているという感覚より、空き地や広場みたいに、はじめから明け渡された場所がそこにあるような感覚なのだ。乱暴しない限りは、好きに遊んでいってくれたらいいと思っていた。

そこにはいろんな人たちがやってきては、各々の時間を過ごして去っていった。ある人は慈しむように肌を優しく撫で、ある人は誰にも言えなかった秘密をぽつりと静かに置いていき、ある人は朝までお酒を片手に隣で笑い続け、ある人は頼んでもいないのに長ったらしいスピーチを無遠慮に始めてみせた。わたしは空き地そのものでありながら、そこで彼らと一緒に走り回る子どもでもあった。わたしは、彼らが自分のもとに遊びにきてくれることが嬉しかったし、いつか彼らがそこから立ち去ることがわかっていても、共に時間を過ごせることを心から幸福だと思った。体がなくなるというのは、わたしが自身のかたちを失うということであると同時に、彼らという訪問者を永遠に失うことでもあるのだった。

わたしの体が失われた後も、その広場を、あるいは広場の痕跡を残すことはできるのだろうか。そんなことを考えていたとき、自分を火葬したあとの骨を使ってインスタレーション作品を作ってもらうことを思いついた。

まずはどこかの森の中に、そこだけ開けて陽が入りそうな土地を購入しておく。そしてそこに、のっぺりと広大な、十センチくらいの深さの浅いプールのような凹みを施工する。綺麗な色のタイルを貼っても良いかもしれない。空間の設計は建築家の友達にやってもらう。そのプールの底一面に白い砂を敷き詰めるのだ。なるべく手触りのよい、綺麗な海からやってきたさらさらとした砂が良い。そしてその中に、わたしの骨をすりつぶしたものを混ぜてもらう。骨を砕いた経験はないが、結構頑張って細かくする必要があるかもしれない。一見しただけでは砂と骨を区別することはできないが、むしろその方が望ましい。

作品の訪問者は、まず靴と靴下を脱ぎ、足の裏を近くの水場で洗う。そして、その広大な砂のプールの中に足を踏み入れる。濡れた足の裏にこびりつく砂の中には、小さなわたしの骨のかけらが含まれている。歩くたび、砂が足の指と指のあいだにめり込む。微かなこそばゆさは、いつか誰かと海岸を歩いた記憶と結びついたりもするかもしれない。そこでは特にやることはない。ぼんやりしたり、走り回ったり、砂で山を作ってみたり、思い思いに時間を過ごしてくれたらいい。

すべての制作プロセスは生前に指示書を書いておき、今一緒に住んでいる玲児くんや晋吾、泰地くん、それからそれぞれの専門的な技術を持った友人たちにお願いすることになるだろう。これは展覧会なのか、それとも公演なのか、それともそのかたちを借りた葬送なのか。いまの時点ではよくわからないが、わたしがすでにその場にいない以上、わたしの代わりにいろいろな判断をする人が必要になってくるだろう。

指示書、という形式は呪いのようだとも思う。死んでいる以上、作者との交渉が永遠に不可能だからだ。その意味でこれは究極にはた迷惑な作品だと思う。それゆえ、とりあえず関わる人を「親しい人」としているのだが、わたしの骨をすりつぶす作業はなかなか心理的負荷が高そうだし、申し訳ない気持ちもある。親しい人を大切に思うのであれば、その作業は業者に外注するなどしたほうがいいのかもしれないし、でも一方で法律的にややこしいことが生じてくるような気もする。

それでもわたしはただ、誰かの足の裏にくっつきたい、と思ったのだった。自分でもどういう衝動に突き動かされているのかよくわからなかった。自分の死を想像したときに真っ先に考えたのは、この体を失ってもなお、誰かの体とどうにかして触れあうための方法だった。水で足を洗ってもらうのは、あまり汚れた足で踏まれたくはないという心理的なものもあるかもしれないが、濡れた足の裏に砂を密着させやすくするためである。足の裏だと、それは文字通りわたしを踏むことにもなるだろうから、本当はわたしのことが嫌いだった人も参加しやすくなるなとも思った。美味しいワインを作るためにぶどうを踏み続けたのも、自分たちをいじめた憎い領主を踏みつけたのも、同じ一人の人間の足の裏かもしれなかった。そういう種類の両義性が生まれることは大切なことだった。

そんなことをいつか指示書にまとめようと思っているが、時間もかかるだろうし、書き終わる前に間抜けな事故か何かであっさり死んでしまいそうな気もしている。

そして約束は、果たされないこともある、ということをわたしは知っている。それは救いだとも思う。

残念なのは、訪問者がこの作品の中に足を踏み入れているとき、そこに決して自分が立ち会えないことである。だからわたしは、自分が見ることができないその風景を何度も想像する。季節はなるべく寒くないころ、できれば春がいい。まだ誰も来ていない砂のプールに、のっそりと歩行器を押して、祖母がやってくる。

あんた、まだずっとこんな作品作ってたのかい。

祖母がすっかり瘦せた歯茎を見せて意地悪く言う。腰を曲げてゆっくり裸足で歩みを進める祖母の白髪が、陽の光を受けて眩しく光っている。歩行器は砂に埋もれて、しゃりしゃりと音を立てながら進む。すっかり日が暮れて、そろそろ帰ろうかと祖母が振り返るとき、その足の裏にはまだわたしの骨がこびりついている。払い落とすかどうか、困ったように笑う祖母の表情を、わたしは美しいと思う。

あとがき

二年間の連載が終わった。単行本化にあたり、自分の文章を読み返すのには少し勇気が必要だったが、なんとかこのような形にできてひとまず安心している。

美術家の本と聞いて、作品論だと思った人も多いかもしれない。作品をつくるまなざしと、日々を生きるまなざしは、常にわたしの体の上で重なり続けてきた。他者との出会いは、あちこち細かな擦り傷がつくものであると同時に、常に新しい皮膚を手にいれる機会でもあった。

執筆にあたり担当編集者の森川晃輔さんには、いつも的確な分析をいただきご尽力をいただいた。改めて心から感謝申し上げたい。またこのような素人が好き勝手に書くことができたのは、校閲の方々の圧倒的な知性に支えられた緻密なご指摘を毎回いただけたからでもある。心よりお礼を申し上げたい。

また、毎日愉快な生活を共にし、美味しいご飯を作ってくれた斎藤玲児さん、毎回原稿を下読みしてくれた金川晋吾さん、わたしを励まし精神的な支えとなってくれた森山泰地さんには、この先もずっと頭が上がらないだろう。

最後に、この本を手に取ってくれたあなたに、心より感謝を申し上げたい。

初出
「群像」二〇二三年四月号～二〇二四年一月号、
二〇二四年三月号、四月号

装幀　六月

百瀬文（ももせ・あや）

1988年東京都生まれ。2013年武蔵野美術大学大学院造形研究科美術専攻油絵コース修了。映像によって映像の構造を再考させる自己言及的な方法論を用いながら、他者とのコミュニケーションの複層性を扱う。近年は映像に映る身体の問題を扱いながら、セクシュアリティやジェンダーへの問いを深めている。主な個展に「百瀬文 口を寄せる」（十和田市現代美術館、2022年）、主なグループ展に「国際芸術祭 あいち2022」（愛知芸術文化センター、2022年）など。主な作品収蔵先に、東京都現代美術館、愛知県美術館、横浜美術館などがある。

なめらかな人《ひと》

二〇二四年五月二八日　第一刷発行

著者　百《もも》瀬《せ》文《あや》
発行者　森田浩章
発行所　株式会社講談社
〒一一二-八〇〇一
東京都文京区音羽二-一二-二一
電話　出版　〇三-五三九五-三五〇四
販売　〇三-五三九五-五八一七
業務　〇三-五三九五-三六一五
印刷所　TOPPAN株式会社
製本所　株式会社国宝社

定価はカバーに表示してあります。
落丁本・乱丁本は購入書店名を明記のうえ、小社業務宛にお送りください。送料小社負担にてお取り替えいたします。なお、この本についてのお問い合わせは、文芸第一出版部宛にお願いいたします。

ISBN 978-4-06-535532-9 Printed in Japan